La Grande Guerre vue par les artistes

En coédition avec les dossiers
« Archives Le Monde 2 »

La Grande Guerre vue par les artistes

Librio

Sommaire

Lorsque les artistes s'en vont en guerre

La Grande Guerre aurait-elle créé autre chose que des catastrophes ? Posée en ces termes, la question paraîtra sans doute odieuse : on songe à la mort de masse provoquée par la première guerre totale (près de 900 tués par jour en France, pour ne prendre que cet exemple) ; on songe au deuil immense qui a frappé les belligérants, à l'ampleur des destructions matérielles, et aussi à ces destructions d'un autre ordre : celle, notamment, des cultures politiques « brutalisées » par une expérience de guerre qui donna, directement ou non, naissance aux grands totalitarismes du XXe siècle. On songe enfin au second conflit mondial, issu en droite ligne de la précédente expérience de violence et qui, pour être tout à fait compris, doit être étudié avec elle.

Pourtant, la grande agression collective de 1914-1918, dont l'épicentre fut tout d'abord l'Europe avant de gagner le monde occidental dans son ensemble, ne peut être réduite à sa seule dimension de brutalité sans précédent. Ne serait-ce que parce que le phénomène guerrier donna naissance à un spectaculaire effort de représentation de la grande épreuve et de tout ce qui se jouait dans son déploiement de violence. Une activité de représentation qui n'est d'ailleurs pas épuisée aujourd'hui, bien au contraire. Depuis une quinzaine d'années, en France – mais c'est le cas ailleurs aussi –, la Grande Guerre est à l'origine d'une création multiforme. Étonnante présence de 1914-1918 dans la littérature, l'art, le cinéma, la bande dessinée, le théâtre, etc., qui constitue une énigme. Raison de plus pour revenir à ses origines.

Représenter, c'est « re-présenter », c'est présenter à nouveau : il s'agira de cela dans cet ouvrage tiré des « Archives du *Monde* ». Représentations par l'écriture, sous toutes ses formes : celles du roman, du journal intime, de l'écrivain professionnel, d'enfants de la guerre… Représentations par la peinture, la sculpture – à commencer par la statuaire des monuments aux morts. Représentations par l'œil mécanique enfin, à travers la photographie et le cinéma, auxquels le conflit donna un essor manifeste. Foisonnement, donc, et chez tous les belligérants. Décidément, écrivains et artistes ne se sont tus ni pendant la guerre ni après : mais seule une petite partie de ce qu'ils en ont dit et montré reste accordée à nos horizons d'attente actuels, plus de quatre-vingt-dix ans après le début du conflit.

À CHAQUE ÉTAPE DU CONFLIT, SA REPRÉSENTATION

Un foisonnement qui s'inscrit dans des temporalités assez marquées : ce sont elles qui scanderont les grandes étapes de cette guerre représentée. Il y a d'abord le moment du basculement, celui de la guerre courte : la croyance à celle-ci, curieusement, survécut plus d'un an à l'échec de la guerre de mouvement de l'été 1914. C'est le temps des grands investissements, unanimes ou presque, de tous ceux qui se sentaient aptes à représenter le conflit, et tenus de le faire. Il faut évoquer ici la mobilisation de tout ce que l'Europe comptait d'intellectuels, d'écrivains et d'artistes, leur automobilisation plutôt : car rien ne les forçait à s'engager au service de leur patrie respective. Beaucoup s'engagèrent d'ailleurs au sens propre, comme soldats. Volontaires de guerre, bien des artistes et des poètes d'avant-garde l'ont été, à l'image de l'écrivain suisse Blaise Cendrars, engagé dans la Légion étrangère française, ou du peintre allemand Franz Marc, tué à Verdun, en 1916, qui écrivit à Kandinsky : « Il n'y avait pas d'autre voie pour atteindre le règne de l'esprit. Les écuries d'Augias qu'était devenue la vieille Europe ne pouvaient être nettoyées que de cette manière. »

Engagement par la plume aussi, dont Maurice Barrès est resté l'emblème progressivement honni, mais imité par tant d'autres, bien moins prévisibles. Très peu s'opposent vraiment, mais très peu parviennent à demeurer silencieux. Les dissidences sont rares, pour ne pas dire exceptionnelles : Dada en Suisse, ou la revue *Die Aktion* en Allemagne. La plus connue, celle de Romain Rolland, auteur d'une série d'articles parus dans le *Journal de Genève* entre août et décembre 1914 et réunis dans un livre intitulé *Au-dessus de la mêlée*, reste plus ambiguë que ce qu'un tel titre ne le donnerait à penser. Ce qu'il faut admettre ici, c'est la violente séduction de la guerre sur tant d'artistes et d'écrivains européens lors de ces premiers mois du conflit qui furent aussi, pourtant, les plus meurtriers.

Et puis, il y a la guerre longue, celle des grandes batailles de matériel de 1916 et de 1917 : Verdun, la Somme, Ypres, le Chemin des Dames. C'est aussi le temps des premières grandes œuvres – celles de Genevoix ou de Barbusse en France – grandes œuvres qui survivront aux attentes de guerre en continuant de résonner jusqu'à nos jours. C'est le moment du premier long-métrage d'actualité, *The Battle of the Somme*, tourné le 1er juillet 1916, jour initial d'une des plus grandes batailles du XXe siècle, et qui, à l'automne, fut regardé dans la stupeur, les larmes, les cris, les évanouissements, par vingt millions de Britanniques.

PREMIÈRES FÊLURES, PREMIERS REJETS

Pourtant, peu de rejet de la guerre encore, et moins encore de rejet de la patrie : mais un besoin nouveau d'images terribles, une envie de comprendre d'un peu plus près ce qui était en jeu dans les grandes convulsions du front ouest, dont la violence avait détruit jusqu'à la ressemblance avec ce que l'on désignait jusqu'alors sous le nom de « bataille ». Premières fêlures aussi, sans aucun doute, premiers rejets, si perceptibles chez un Freud, chez un Barbusse, autrefois volontaire de guerre (engagé dès 1914) et dont la représentation qui se voulait « réaliste » de la vie des tranchées continue pourtant d'osciller entre le consentement initial et un refus teinté désormais d'attentes révolutionnaires.

Il a ensuite fallu sortir de la guerre. Dès sa dernière année, la désillusion s'est faite plus perceptible dans la vision médicale d'un Georges Duhamel (*Civilisation*, prix Goncourt 1918), dans la peinture d'un Paul Nash, dans les textes d'un Siegfried Sassoon, ce poète soldat blessé à Arras en 1917 qui rejette désormais avec violence le mythe de la guerre défensive, ainsi que dans le *J'ai tué* d'un Blaise Cendrars, écrit en convalescence au début de la dernière année de guerre, après la perte de son bras droit. Le mouvement de démobilisation culturelle et de désinvestissement s'accentue sitôt le conflit achevé, comme en témoignent Dorgelès ou Léon Werth.

Mais que de consentements à la guerre encore, en particulier chez les vaincus. C'est à compte d'auteur que Jünger publie, en 1920, ses *Orages d'acier*, une des plus grandes œuvres que le conflit ait suscitées, mûrie au cœur de l'expérience des troupes d'assaut allemandes et de leur savoir-faire meurtrier. Dans cette représentation allemande de la défaite de 1918, tout est annoncé : la catastrophe du nazisme, la Seconde Guerre mondiale, l'extermination des Juifs d'Europe.

S'ouvre aussi le temps du deuil collectif et des deuils personnels, ces deuils interminables qui ont caractérisé les lendemains de la Grande Guerre et dont les monuments aux morts, dans toute l'Europe, sont restés les seuls témoignages visibles. Et avec les douleurs de la perte, portée par elles, pointe une vision nouvelle de la guerre. Dès le milieu des années 1920, Otto Dix trouve le langage graphique qui lui permet de représenter ce qu'a été l'expérience du champ de bataille.

LA GUERRE REFUSÉE APRÈS COUP

Mais le vrai tournant se situe à la fin des années 1920 et au début des années 1930, quand, à la guerre acceptée des années de conflit, se substitue après coup la guerre refusée. Dans *Témoins* (1929), Jean Norton Cru passe au crible les témoignages des combattants français, séparant le bon grain de l'ivraie et prétendant imposer une lecture de la guerre qui, désormais, ne saurait être que dénonciatrice. La guerre refusée de *À l'ouest, rien de nouveau* (Remarque), celle de *L'Adieu aux armes* (Hemingway), de *Goodbye to All That* (Robert Graves), du *Grand Troupeau* (Giono), de *Voyage au bout de la nuit* (Céline).

À la fin des années 1930, la guerre acceptée de 1914-1918 est très loin. Celle que prépare le nazisme est imminente : une Grande Guerre recommencée, à l'est comme à l'ouest. Mais marquée, cette fois, au sceau d'une eschatologie meurtrière infiniment plus radicale.

Elle sera courte !
(1914-1915)

Les jours qui suivent la mobilisation générale en France et en Allemagne, ordonnée le 1er août 1914, tout le monde est persuadé que le conflit ne durera pas. Mais à la guerre de mouvement succède une guerre de positions. Le conflit, rendu plus sanglant encore par la mise au point de nouvelles armes et l'utilisation de l'artillerie moderne, s'enfonce dans la durée. Une guerre totale à laquelle participent les artistes, chaque nation exaltant ses héros et ses vertus morales : les peintres et les écrivains chantres du nationalisme comme Maurice Barrès ou, en réaction, les apôtres de la paix comme Romain Rolland, côté français.

CONFLIT MONDIAL

Le 28 juin 1914, l'archiduc François-Ferdinand est assassiné à Sarajevo. Point de départ de la première guerre mondiale. Dans un terrible enchaînement, les déclarations de guerre se succèdent. Par le jeu des alliances, le conflit européen dégénère en un conflit mondial qui oppose, parmi ses acteurs majeurs, la France, la Grande-Bretagne, l'Italie, la Russie et les États-Unis d'un côté ; l'Allemagne, l'Autriche-Hongrie et la Turquie de l'autre.

1915, LE TOURNANT

Cette année clé marque un tournant dans l'histoire de la guerre. Sur les champs de bataille, l'enlisement succède à la guerre de mouvement, qui répond aux puissances de feu mises en œuvre. L'utilisation pour la première fois, le 22 avril, des gaz asphyxiants, par les Allemands, en Flandre, illustre cette intensification de la violence que traduit un taux de mortalité particulièrement élevé, côté français, durant les premiers mois, le plus lourd du conflit.

LES ARTS EN GUERRE

La guerre mobilise aussi les artistes. Peintres, sculpteurs, écrivains, musiciens, d'un bord ou de l'autre, sont pour certains appelés sous les drapeaux et se retrouvent sur le front, à l'arrière, dans des services de santé, peintres aux armées. Quelques-uns y laisseront leur peau comme Charles Péguy ou Alain-Fournier. D'autres en réchapperont. Peu en sortiront indemnes. Blaise Cendrars y perdra un bras. Leurs œuvres, leurs écrits et leurs lettres en témoignent, de manière poignante, comme Fernand Léger écrivant à sa future femme en 1915 qu'il « n'y a pas plus cubiste qu'une guerre comme celle-là qui te divise plus ou moins proprement un bonhomme en plusieurs morceaux. D'ailleurs tous ceux qui en reviendront comprendront mes tableaux tout de suite : la division de la forme, je la tiens. »

Pierre JULLIEN

La logorrhée patriote de Maurice Barrès

Dans La Mort des autres, *recueil de souvenirs des témoins de la guerre dont* Le Monde *publie des extraits, Jean Guéhenno, de l'Académie française, évoque Maurice Barrès. Où il oppose les écrits revanchards de sa* Chronique de la Grande Guerre *au doute intime qui habite ses* Cahiers.

Maurice Barrès donne sa *Chronique de la Grande Guerre* comme un « journal intime national » et le dédie à tous les Français qui y trouvaient, explique-t-il, « la consonance de leur âme ». C'est ce qui ne m'arriva jamais. Je ne retrouve, dans ces quatorze volumes, aucune de mes « pensées propres ». Il m'arriva de lire, pendant la guerre, quelques-uns des articles qui les composent : presque toujours, je sentis la même colère. Je viens de les lire, tous. J'ai commencé, je dois le dire, avec un esprit prévenu, mais en avançant, j'ai été pris d'une sorte de pitié. Barrès y a été engagé tout entier, de tout son cœur et de tout son honneur. Son fils était dans la tranchée. Il était sûrement sincère et l'homme le mieux fait pour commenter, jour après jour, cette aventure funèbre. Chaque vie comporte ses enchaînements : la sienne l'avait conduit à ce triste rôle de chanteur de la guerre. Déroulède était mort et il avait été, le 12 juillet 1914, élu, proclamé « président de la Ligue des patriotes ». Des journalistes, par un mauvais calembour, l'appelèrent « le littérateur du territoire ». Il s'en fit gloire et pensa « remplir le ministère de la parole, un des plus beaux ministères, en servant de lien entre les esprits et les âmes » (*Chronique de la Grande Guerre*, tome I, p. 200).

La *Chronique* commence comme un dithyrambe. C'est Tyrtée ! La guerre est là, enfin ! « Avant même qu'elle ait jeté sur notre nation sa pluie de sang, la guerre, rien que par ses approches, nous fait déjà sentir ses forces régénératrices. C'est une résurrection ! » (tome I, p. 98). « Il éclate enfin, le jour espéré pendant quarante-quatre années ! Les pantalons rouges sont apparus sur la crête des Vosges » (tome I, p. 107). Le 19 août, le pays lui semble être dans « un enthousiasme grave, une sainte exaltation disciplinée ». Le 21, « un feu rédempteur vient d'enflammer la France ». Le 24, « l'aigle survole le rossignol ! ». Entendez que « les écrivains vont surpasser tous leurs rêves ». On a honte pour les écrivains !

Hélas !, le 25, c'est la défaite et la retraite. Mais ce n'est qu'un « manque à gagner. Vive l'armée ! ». Il affirme nos « certitudes de vaincre » et il ne cessera plus de le faire pendant quatre années. Début septembre, c'est la victoire de la Marne. « Quelles lettres nos enfants nous envoient de l'armée ! Un perpétuel éclat de rire » (tome I, p. 255). Et il repart pour plus de cinq mille pages.

Dur « ministère » que celui de la parole ! La lecture de ces quatorze volumes, cinquante ans après, est proprement intolérable.

ÉCLATS DE SINCÉRITÉ

Il est mort, mal sûr d'avoir fait son salut. « Faire son salut, note-t-il dans ses *Cahiers*, en 1919. De moins en moins faire semblant. Être de l'or » (*Mes cahiers*, tome XII, p. 241). Et il copie cette recommandation de Kierkegaard à soi-même : « Personne au monde ne saurait te dire pourquoi tu existes ; mais puisque tu es là, tâche de donner un sens à ton existence, en te donnant un but aussi grand et aussi noble que possible. »

De telles paroles réconcilient avec lui, mais il s'est gravement trompé dans le choix de ses « buts ». Ses *Cahiers* (journal intime personnel) sont souvent le plus bouleversant témoignage. Comment le même homme qui les a rédigés a-t-il aussi publié, durant la guerre, ces chroniques faussement éloquentes ? La guerre elle-même finit pourtant par le fatiguer. Il « admirait », parce que « admirer, c'est déjà se hausser ». Et c'était son instinct. Mais on se lasse même d'admirer. Il commençait de discerner que ces lettres de jeunes hommes n'étaient pas si joyeuses. Il se garde de le dire dans ses *Chroniques*, mais il le note dans ses *Cahiers* : « Je ne sais quoi de tendre, de triste et d'exalté palpite dans leurs lettres. J'y vois qu'ils se sacrifient ; j'y crois distinguer un murmure : on aurait pu éviter tout cela » (*Mes cahiers*, tome XI, p. 272).

Rien n'émeut davantage dans ces *Cahiers* que ces éclats de sincérité. Il arrive qu'il soit au bord de l'aveu. « Étrange péché, si j'interroge mon cas je vois bien que je l'ai commis. Je n'aspirais qu'à servir. Continuellement, j'ai fait une besogne inférieure. C'était bien de soutenir le moral chaque jour, mais ne me suis-je noyé dans cet excès de travail ? Il y avait bien de l'amour dans cette humilité, mais aussi bien du temps perdu » (*Mes cahiers*, tome XI, p. 385).

Allons, voilà réglé et par lui-même le compte de cette *Chronique*. Le vrai peut-être, mais qu'il ne peut clairement s'avouer, c'est que la guerre, ce spectacle, comme sa grande parade nationaliste, lui a été un moyen d'échapper à lui-même. Il est ainsi fait qu'il n'est intéressé que par lui-même mais qu'il lui faut se fuir toujours. Le voilà dans sa grandeur solitaire. Mais pourquoi donc s'être fait directeur d'hommes et crieur public du massacre ? On meurt seul et les hommes dans les tranchées tout seuls savaient mourir. L'éloquence et la littérature ne les y ont pas aidés. La mort des autres est pour l'âme une mauvaise nourriture.

Le Monde des livres du 28 février 1968.

Bofa, clown triste du dessin français

Gus Bofa, né Gustave Blanchot (1883-1968), est un grand dessinateur, un gugusse boiteux au crayon magique, un écrivain fin et précieux, un journaliste féroce. Il croquait des poilus désespérés, des médecins bouchers, des Don Quichotte « fildeférisés ». Il savait tordre les visages et les corps, les âmes et la perspective. Il a peint la désespérance et l'amour à gros traits fins, faisant surgir du noir d'un crayon gras des visages hallucinés. Sa patte était toujours juste, toujours simple, toujours surprenante. Sans la passion de quelques graphistes et bibliophiles amoureux, on l'aurait sans doute oublié. Une monographie en 1980 (R. Bouillot, *Gus Bofa l'incendiaire*, Futuropolis), une exposition en 1983 (Musée-galerie de la Seita), une réédition en 1997 (*Malaises*, La Machine), ont tenté de lui redonner vie. Ce n'est pas suffisant. Avant la Grand Guerre, le clown triste du dessin français, qui est mort en août 1968, s'était amusé à diriger *Le Rire et Le Sourire*. Il avait un ami, Pierre Mac Orlan, à qui il avait conseillé d'écrire car il dessinait mal ; en fait, il singeait le maître. Au milieu de la presse patriotarde, ses dessins dans *La Baïonnette* pointaient le drame des poilus. La guerre, il l'avait faite jusqu'à arrêter les balles d'une mitrailleuse avec sa jambe. Il a illustré des livres, les siens (*Chez les toubibs, Le Cirque, Synthèses littéraires*...), ceux de Pierre Mac Orlan, ceux d'écrivains sombres dont il savait rendre l'univers – Poe, Swift, Quincey. Il aimait tellement les dessins qu'il a organisé à partir de 1919 un salon d'illustrateurs appelé L'Araignée. Y ont été exposés tous ceux qui ont inventé la bibliophilie de l'époque, du bon et du moins bon, que Bofa chroniquait comme critique littéraire au *Crapouillot*.

Michel Lefebvre, *Le Monde* du 21 avril 1999.

GUS BOFA, ILLUSTRATION DE COUVERTURE

Collection particulière

« Au-dessus de la mêlée » ?

De l'équivoque à l'incompréhension : Romain Rolland, écrivain célèbre, prix Nobel de littérature 1915, aura beaucoup de difficultés à se défendre contre les attaques que déclenche son article « Au-dessus de la mêlée », publié d'abord dans un journal suisse en septembre 1914 : credo pacifiste incongru ou profession de foi d'un grand Européen ?

« Je trouve aussi criminel de faire appel, pour cette guerre, à tous les barbares de l'Univers, Soudanais, Sénégalais, Marocains, Japonais, Cosaques, Hindous, Sykhs, Cipayes. [...] L'aspect d'un grand peuple d'Europe acculé, faisant tête à ces hordes sauvages, me serait impossible à supporter sans révolte[1]. »

Qui écrivait cela en septembre 1914 ? Romain Rolland, dans son *Journal*, destiné à n'être publié que beaucoup plus tard. Mais il reprenait à peu près la même idée dans l'article qui a peut-être le plus fait pour sa célébrité, « Au-dessus de la mêlée », publié par le *Journal de Genève* dans son numéro des 22-23 septembre 1914.

Ces « barbares », ces « hordes » étaient tous du côté de l'Entente, mis à part les Turcs, qui avaient été rajoutés dans l'article et qui d'ailleurs n'étaient pas encore dans la guerre, du moins officiellement. Les lecteurs français pouvaient être choqués par le caractère « raciste » du propos de l'écrivain, même si l'époque était peu regardante sur ce point.

Romain Rolland en fut d'ailleurs conscient, car, lors de l'édition en volume de ces articles et de leur publication en France, il ajouta une note qu'il ne cessa de remanier d'édition

1. Romain Rolland, *Journal des années de guerre (1914-1918)*, Paris, Albin Michel, 1952, p. 50.

en édition pour expliquer qu'il ne fallait pas voir là « un sentiment de mépris à l'égard des peuples d'Asie et d'Afrique », mais qu'il avait voulu s'en prendre « à la politique à courte vue qui a introduit l'Afrique et l'Asie dans les luttes de l'Europe ». Note qui ne justifiait d'ailleurs pas l'emploi des termes de « barbares » et de « hordes »...

Les lecteurs français auraient pu être choqués ? Il aurait fallu pour cela qu'il y ait des lecteurs ! Romain Rolland n'était pas en France. Il avait été surpris par la guerre, surpris dans tous les sens du terme, en Suisse, où il était davantage préoccupé par des problèmes sentimentaux que par la situation internationale.

Dégagé des obligations militaires en raison de son âge (il a quarante-huit ans) et de son état de santé, plutôt que de rentrer il décida de rester en Suisse, ce qui était une certaine façon de prendre ses distances par rapport à la guerre. Les articles qu'il écrivit alors furent publiés dans les journaux suisses, dont la lecture n'était évidemment pas très répandue en France. Le volume dans lequel ils furent rassemblés ne parut – sans obstacle de la censure d'ailleurs – qu'un peu plus d'un an plus tard, en novembre 1915.

Entre-temps, les Français n'avaient connu des écrits de Romain Rolland que ce qu'en disait la presse, et, en général, elle ne fut pas tendre. Romain Rolland eut le sentiment qu'une véritable campagne avait été déclenchée contre lui. On conçoit qu'il ait été très affecté par les appréciations portées dans les journaux, même si elles furent tardives et très disséminées, mais parler d'une campagne paraît bien excessif.

Certes, dès le mois d'octobre 1914, la romancière Gyp écrivait dans le *Journal d'un cochon de pessimiste* que c'était un article « dégoûtant » et « tel que l'on pouvait d'ailleurs l'imaginer d'après ce qu'on a déjà entrevu de la qualité morale et aussi de ce que l'on connaît du physique du Monsieur, [...] yeux cuits et hagards, [...] dégénéré intégral [d'une] effarante couardise [...] », mais cela n'a été publié qu'en 1918, et Gyp (la comtesse de Martel), une arrière-petite-nièce de Mirabeau, ne cachait pas ses sentiments très « réactionnaires ».

L'affaire fut lancée dans *Le Matin* du 23 octobre par Alphonse Aulard, le célèbre historien de la Révolution française. Sans être très virulent, Aulard parle d'une « littérature étrange », des « amis allemands » de l'écrivain, de « son âme délicate » dont « le dégoût a dû ravir les Berlinois » (il s'agissait de la condamnation de l'appel à des troupes non européennes).

La presse de gauche se montre sévère. Le plus important des journaux radicaux, *La Dépêche de Toulouse*, dont Jaurès avait été le collaborateur, écrit le 27 octobre : « Pendant que nos armées disputent aux Barbares [...] le sol sacré de la Patrie, il y a un Français qui gémit plus spécialement sur les malheurs "de ses amis allemands". C'est M. R. Rolland, romancier, musicologue et professeur en Sorbonne. »

Le sénateur radical de la Guadeloupe Henry Bérenger écrivait dans un petit journal de gauche, *L'Action* : « Nous n'avons pas de temps à perdre avec les égarés d'une germanophilie universitaire[1]. »

Romain Rolland est-il d'ailleurs vraiment français ? Il aurait enseigné à la Sorbonne à titre étranger, pour *La Croix*[2]. À défaut de mettre en doute sa nationalité, l'Action française souligne que, s'il avait vraiment eu « le sens de la race », il ne se serait pas permis « de penser contre la défense de son pays[3]. »

Le Temps n'intervint qu'assez tardivement, le 17 décembre. Plus navré que véhément, il entend ne pas blâmer *a priori* l'attitude de Romain Rolland : « Un bon patriote peut se refuser aux vues unilatérales. » Cependant, ses articles sont « singuliers », on ne se douterait pas qu'il soit « français », « il ne tient aucun compte des faits les plus patents ».

Romain Rolland ne trouva-t-il donc personne pour l'approuver ? Si, *L'Humanité*, le 15 novembre, mais dans un modeste article en bas de la troisième page, accompagné d'un bref extrait de l'article incriminé, et *La Bataille syndicaliste*, l'organe de la CGT, plus vigoureusement, mais le 13 novembre...

Romain Rolland avait fait paraître « Au-dessus de la mêlée » à un moment où, même en Suisse, il n'y avait plus de doute sur l'issue de la bataille de la Marne. Le danger mortel et immédiat qui pesait sur la France avait été écarté. Romain Rolland, dans son *Journal*, salue la victoire sur « toute la

1. 28 octobre 1914.
2. 25-26 octobre 1914.
3. 24 octobre 1914.

ligne » : « Il semble qu'on nous ait enlevé un poids de dessus le cœur. »

En réalité, l'écrivain a hésité pendant plusieurs semaines sur le parti à prendre. Ses premiers écrits montrent qu'il croit la cause de la France juste, ou du moins supérieure à la cause allemande. Il proteste contre les méthodes de guerre allemandes, et en particulier contre la destruction de Louvain ; il exalte le souvenir de Péguy : « Mon cher compagnon Péguy est mort, comme il a vécu : en combattant pour le droit et pour la foi » ; il ironise sur les propos de Gerhart Hauptmann, le plus grand dramaturge allemand de cette époque : « Gerhart Hauptmann m'annexe à l'Allemagne comme si j'étais une simple Belgique. [...] Il prosterne le droit aux pieds de la force. »

« Au-dessus de la mêlée » marque incontestablement une rupture. Romain Rolland choisit son camp, celui de l'Europe, une fois que, Français, il n'a plus à craindre pour la France. « Ô jeunesse héroïque du monde, débute-t-il, vous tous, jeunes hommes de toutes les nations, qu'un commun idéal met tragiquement aux prises », les Slaves, les Anglais, les Belges, les Allemands « qui luttez pour défendre la pensée et la ville de Kant contre le torrent des cavaliers cosaques », et évidemment les Français, chez qui « refleurit la lignée des héros de la Révolution » : « Comme vous m'êtes chers, vous qui allez mourir. » Aux jeunes Français, il dit : « Quel que soit le destin, vous vous êtes haussés aux cimes de la vie, et vous y avez porté avec vous votre patrie. Vous vaincrez, je le sais. »

La jeunesse, toute la jeunesse européenne est admirable, mais les responsables, les gouvernants, les chefs religieux ou laïques, les penseurs, qu'ont ils fait pour empêcher « la guerre européenne, cette mêlée sacrilège, qui offre le spectacle d'une Europe démente, montant sur le bûcher et se déchirant de ses mains, comme Hercule » ?

Romain Rolland s'indigne : dans chaque nation, il y a unanimité pour la guerre, le président de l'Académie des sciences morales, le philosophe Henri Bergson, proclame que « la lutte engagée contre l'Allemagne est la lutte même de la Civilisation contre la Barbarie », pendant que l'historien allemand Karl Lamprecht lui rétorque : « La guerre est engagée entre le germanisme et la barbarie, et [...] les combats présents sont la suite logique de ceux que l'Allemagne a livrés au cours des siècles, contre les Huns et contre les Turcs. »

Il s'en prend avec véhémence à l'attitude des puissances morales, le socialisme et le christianisme. Le socialisme, dont aucun représentant n'a su mourir pour ce à quoi il croyait. En revanche, « c'est le député Frank, le principal champion de l'union franco-allemande, qui est tombé sous les balles françaises, pour la cause du militarisme. Car ces hommes qui n'ont pas le courage de mourir pour leur foi ont le courage de mourir pour la foi des autres. »

Quant au christianisme, « prêtres, pasteurs, évêques, c'est par milliers qu'ils vont dans la mêlée pratiquer, le fusil au poing, la parole divine, "tu ne tueras point". » Romain Rolland s'élève contre ceux qui voient dans les événements du moment le triomphe des patries, comme si « l'amour de la patrie ne pouvait fleurir que dans la haine des autres ».

« Entre nos peuples d'Occident, assure-t-il, il n'y avait aucune raison de guerre. » Le responsable est l'impérialisme : « Chaque peuple a plus ou moins son impérialisme ».

Romain Rolland ne croit pas qu'on puisse maintenant arrêter la guerre : « Le mal est fait. Le torrent est lâché. » Il ne croit pas non plus qu'il puisse convaincre, il voulait simplement « soulager sa conscience ».

Convaincre, il n'en avait certes aucune chance. Aucune chance, parce que, dans l'Europe des nations, l'Europe était une notion à peu près étrangère à la totalité des populations européennes. Aucune chance, car qui en France était prêt à croire, à ce moment, que les Allemands avaient un droit égal à celui des Français à défendre leur pays, que chacun devait être renvoyé dos à dos avec ses responsabilités, qu'on ne devait pas haïr, à un moment où l'un des plus grands journaux français de province, *La Petite Gironde*, publiait en première page, sur trois colonnes, un article intitulé « Haïr » : « Il existe aujourd'hui pour les Français une beauté, une dignité, une noblesse de la haine. Qui de nous, avant août, aurait écrit une pareille phrase sans frémir ou sans rougir ? Et pourtant c'est vrai. [...] Après la guerre ? On verra[1]. [...] »

Romain Rolland eut le sentiment d'être totalement incompris, d'autant que de nombreuses lettres, souvent bassement

---

1. 31 octobre 1914.

injurieuses, lui parvenaient. Incompris des Français, il se désolait également de ne pas être compris des Suisses, du moins des Suisses romands, à qui il reproche leur sympathie sans nuances pour la cause française.

Un peu plus tard, en janvier 1916, il répondait à l'un de ses correspondants : « Où croyez-vous que mes idées présentes trouvent le plus de sympathies ? Dans la France enrégimentée ? Dans l'Allemagne caporalisée ? Elles me traitent toutes deux en ennemi. En Suisse ? La Suisse française est plus germanophobe que la France[1]. »

Pour que la pensée de Romain Rolland puisse être connue en France autrement que par une presse hostile, certains de ses amis avaient diffusé son article en en faisant des copies à la machine à écrire ou même à la main. Par une sorte de paradoxe, la première publication à peu près intégrale en France d'« Au-dessus de la mêlée » fut le fait de l'écrivain nationaliste Henri Massis, au printemps 1915, dans le cadre de la campagne de dénigrement qu'il menait contre Romain Rolland.

Si l'influence de la pensée de Romain Rolland ne put être que faible, lorsque le recueil intitulé *Au-dessus de la mêlée* fut publié en novembre 1915, il rencontra un bon accueil, puisque au bout d'un an on en était à la soixante-troisième édition.

À vrai dire, comme le souhaitait Romain Rolland, comprendre l'écrivain ne signifiait pas s'opposer à la défense nationale. Un combattant comme le jeune écrivain socialiste Jean-Richard Bloch, tout en témoignant de son admiration à Romain Rolland, fut un ferme partisan de la défense nationale jusqu'à la fin de la guerre.

Malgré tout, Romain Rolland a un peu le sentiment qu'il parle dans le désert. Il confie à son *Journal* à la fin de 1914 : « Je commence à me désintéresser de la ruine de ces peuples qui la veulent et même paraissent y prendre plaisir. »

Quelques semaines encore, et les Allemands déclenchaient la guerre des gaz. Les appels à la compréhension entre les peuples européens avaient peu de chances d'être entendus !

Jean-Jacques BECKER, *Le Monde* du 30 juillet 1994.

1. *Journal des années de guerre*, p. 189.

La mort des écrivains

Alain-Fournier, Péguy, Psichari et tant d'autres : des centaines d'écrivains, illustres ou encore peu connus, perdent la vie sur les champs de bataille. Très vite, amis ou disciples s'emparent de certaines de ces morts pour forger la mystique combattante. Et toutes ces morts symbolisent bientôt le consentement de la France, au-delà de ses élites, à la guerre.

« Il est tombé, les armes à la main, face à l'ennemi, le lieutenant de ligne Charles Péguy. [...] Le voilà sacré. Ce mort est un guide, ce mort continuera plus que jamais d'agir, ce mort plus qu'aucun est aujourd'hui vivant. » Péguy est « mort au champ d'honneur » le 3 septembre 1914, à Villeroy, près de Meaux. Maurice Barrès en rend compte le 17 septembre dans *L'Écho de Paris*. Il transforme, transcende la disparition de Péguy, dont il fait le symbole de l'enthousiasme et du sacrifice en temps de guerre.

Avant le 31 décembre 1914, 133 écrivains français seront tombés sur les champs de bataille, la plupart d'entre eux dans les terribles combats d'août, de septembre et d'octobre. Leur milieu social, leur niveau d'études les avaient presque tous amenés à être officiers. C'est à la tête de leurs hommes que la plupart d'entre eux tombent. Après la guerre, il faudra cinq volumes, 3 959 pages, de l'*Anthologie des écrivains morts à la guerre*, pour rappeler les noms et les œuvres des 403 hommes de lettres français morts dans le conflit.

Péguy est le plus célèbre des écrivains tués en 1914. Né en 1873, il est aussi un des plus âgés. Deux très jeunes écrivains qui lui sont liés par l'amitié, Henri Alain-Fournier, ou par le partage de valeurs, Ernest Psichari, disparaissent au même moment.

Mais la plupart des autres écrivains morts en 1914, qui s'en souvient encore aujourd'hui ? Ils avaient publié quelques recueils de vers, participé à la création de nombreuses revues littéraires plus ou moins éphémères. Ils étaient trop jeunes pour avoir laissé une œuvre importante. D'autres commençaient à avoir une certaine notoriété, comme Jean de la Ville de Mirmont ou Charles Müller.

Tous, morts trop tôt dans le conflit, n'ont pas pu témoigner sur lui, sauf en de rares lettres volontairement laissées dans l'oubli après la guerre par des anciens combattants devenus pacifistes et désireux d'oublier ce qu'ils avaient pu alors penser aussi. Ne révélaient-elles pas pour la plupart un enthousiasme pour cette guerre dont on croyait encore qu'elle serait courte et rapidement victorieuse ?

Le poète Jacques Baguenier-Desormeaux écrivait le 19 août : « Rien n'est plus gai que ce régiment. [...] Personne n'a l'air de prévoir que dans deux ou trois jours peut-être il y aura des absents à l'appel. Pour ma part je suis très rassuré. [...] Je rapporterai des souvenirs rares et qui peuvent modifier tout un esprit. » Il est mort trois jours après, avec Georges Battanchon, Pierre Ginisty, Olivier Hourcade, Charles Perrot, Art Roë, Paul Rioux, Fernand Bidault, Charles Bourcier, etc.

Ernest Psichari était encore peu connu. Il avait cependant été l'un des témoins de l'enquête que Henri Massis et Alfred de Tarde avaient fait paraître en 1913 sous le pseudonyme d'Agathon, *Les Jeunes gens d'aujourd'hui* : il s'y montrait un des porte-parole véhéments du renouveau nationaliste dans le milieu (restreint) de la jeunesse intellectuelle. Dès août, il mourait dans les Ardennes belges.

Paul Claudel, dans *La Nuit de Noël 1914* (rédigé en février 1915), lie les noms de Péguy et Psichari : « Je vois le petit-fils de Renan [Ernest Psichari]. [...] Il est par terre, les bras en croix. [...] Je vois Charles Péguy qui tombe la face contre terre. [...] » Claudel rapproche les deux destins, car, comme lui, ils sont des convertis d'avant-guerre qui trouvent dans leur mort à la guerre, pense-t-il, l'achèvement idéal de leur vie. Leur mort est le pendant exact de leur conversion : elle les a transfigurés, pour qu'ils continuent à vivre à tout jamais.

Au-delà des différences d'âge, de pratique du catholicisme, de gloire littéraire qui séparaient les deux hommes, leur mort presque jumelle à quelques jours d'intervalle, la façon dont leurs amis, Henri Massis, Jacques Maritain, Barrès, allaient s'emparer de leur mémoire, la répercuter dans le monde littéraire et dans la partie du monde combattant qui lisait des livres, est tout à fait exemplaire.

Le lieutenant Charles de Gaulle, par exemple, abonné avant-guerre aux *Cahiers de la quinzaine*, évoque le « rayonnement secret de Péguy » et lit Psichari, qu'il cite très souvent dans ses *Carnets*.

Si Péguy et Psichari morts prennent tant d'importance, c'est bien sûr pour la préparation mystique de leur devenir, la prémonition de leur mort. Ils sont des prophètes devenus héros. Psichari, dont on disait en 1913 qu'« il allait l'instant d'après communier ou mourir » était parti pour cette guerre « comme à une croisade ».

En 1914 paraissait de façon posthume le *Voyage du Centurion*, récit d'une initiation au désert et d'une conversion à la foi pour un jeune militaire patriote, Maxence. La lecture du récit de la mort de Maxence/Psichari est d'une attraction troublante pour ceux qui sont en train d'imiter et Psichari et Maxence : « Il est l'envoyé d'un peuple qui sait bien ce que vaut le sang des martyrs. Il sait bien ce que c'est de mourir pour une idée. Il a derrière lui 20 000 croisés. [...] Il est l'enfant de la souffrance. » La souffrance littéraire avait pris le goût de la terre de Champagne, d'Artois, des Ardennes où Psichari le soldat était mort.

Heureux ceux qui sont morts
[dans une juste guerre
Heureux les épis morts et les blés
[moissonnés

En 1913, Péguy avait publié un immense poème, *Eve*, dont ces deux vers, jugés comme prémonitoires, sont cités à l'envi pendant le conflit. Un des jeunes amis de Péguy, l'écrivain Henri Alain-Fournier, les avait justement choisis pour illustrer sa critique des 8 000 vers d'*Eve*, parue le 18 janvier 1914. Le 22 septembre, il disparaissait face à l'ennemi dans les Hauts de Meuse.

En 1991, on a découvert l'emplacement du corps de l'auteur du *Grand Meaulnes*. L'archéologie a révélé que l'officier de vingt-huit ans du 228e régiment d'infanterie était bien mort face au cinq corps d'armée prussiens et avait été enterré sommairement par les Allemands. Il reste toujours à retrouver le corps de l'écrivain Louis Pergaud, mort en 1915 non loin de là.

Quant à Joseph Lotte, un de ceux qui avaient le plus œuvré pour faire connaître et apprécier *Eve*, engagé volontaire de plus de cinquante ans, comme son ami Péguy, il mourait à son tour le 27 décembre. La nécrologie parue dans *Études* donne bien le ton des milieux catholiques nationalistes : « Sur la tombe des Psichari, des Lotte, des Péguy, jurons-nous de reprendre leur œuvre inachevée. [...] Dieu donnera la victoire. »

Ces morts sont souvent utilisés aux fins de propagande par le milieu auquel ils appartenaient avant-guerre à divers titres. Mais ils n'en sont pas moins exemplaires du consentement du pays – et pas seulement des élites – à la guerre, dans un idéal de sacrifice, où pour eux, et pour beaucoup en ces temps de renouveau religieux provoqué par le conflit, Dieu et la patrie sont liés. Au moment où les combattants s'enfonçaient dans les tranchées, signe de l'incapacité des deux camps à l'emporter, il était nécessaire que les morts de la guerre de mouvement soient bien présents. La guerre ne serait pas courte, comme ils l'avaient cru. Encore fallait-il qu'elle fût victorieuse.

Le beau-frère d'Alain-Fournier, Jacques Rivière, de la *NRF*, fait prisonnier en septembre 1914, apprend depuis le camp de Koenigsbrück que Péguy est mort et qu'Alain-Fournier est porté disparu. Il n'ose bientôt plus attendre son retour. Lui aussi converti d'avant-guerre, il veut continuer à considérer ses amis comme vivants : « Il serait absurde de penser que parce que un petit morceau de fer leur a traversé la tête, il est devenu impossible de s'entendre avec des gens comme Péguy ou comme Henri [Alain-Fournier]. [...] Jamais je n'ai senti plus fort sur moi l'action de Péguy et d'Henri que depuis que je les ai perdus. La communion des morts et des vivants. La communion des saints. » En 1925, à la mort de Jacques Rivière, Paul Claudel la relie à sa longue captivité, à la disparition de ses amis chers dès 1914 : « Il n'avait pas complètement échappé à la mort en 1914, il avait été simplement l'objet d'une mesure d'ajournement et son livret comportait le fatal fascicule. Quelques jours de permission et de répit jusqu'à la convocation individuelle. »

Ainsi, la génération perdue de 1914 se prolongeait dans les années 1920. Les différentes préfaces des volumes de l'*Anthologie des écrivains morts à la guerre* reprennent inlassablement le même thème : « Nous souffrirons toujours de cette blessure à la tête. » On se persuade que la mort de ces cerveaux est une spécificité française, que la France, « cerveau du monde, a subi une manière de trépanation ».

Bien plus, certains remarquent que nombre d'écrivains ont été frappés de « la blessure symbolique de l'intellectuel, une balle au front ».

Le combat de la civilisation supérieure contre la barbarie, de la France contre l'Allemagne, du héros sacrifié contre « l'odieux ennemi », selon les termes de Charles de Gaulle, était bien mené par des Français particulièrement doués, les écrivains.

Pour leurs familles, la *Société des gens de lettres* a fait frapper en 1916 une médaille : « *Credidi, propter quod locutus sum et mortuus.* » (J'ai attesté ce que j'ai cru par ma parole et par ma mort.)

Avant de mourir je dois juste écrire
[ce poème.
Faites silence, camarades,
[ne me dérangez pas.
Nous partons pour la guerre.
[La mort est notre destin.
Oh ! Si seulement ma fiancée pouvait
[arrêter de brailler.
En quoi ai-je de l'importance ?
Je suis heureux de partir.
Ma mère pleure. On a besoin d'être
[fait d'acier.
Le soleil se couche sur l'horizon.
Bientôt on me jettera dans une jolie
[fosse commune.
Dans le ciel, le bon vieux
[crépuscule est tout rouge.
Dans treize jours, peut-être,
[je serai mort.

L'auteur de ces lignes écrites en août 1914, sous le titre *Départ pour le front*, est l'écrivain Alfred Lichtenstein, juif de Prusse qui écrivait avec humour contre la société bourgeoise berlinoise et contre lui-même. Le 24 septembre, il meurt dans la Somme. Dans l'été et l'automne 1914, plusieurs des autres espoirs de la littérature allemande, expressionnistes ou pas, Ernst Wilhem Lotz, Ernst Stadler, alsacien et traducteur de Péguy en allemand, Hans Leybold, poète de la bohème de Munich, Hermann Lnss, etc., sont morts eux aussi face à Péguy, à Psichari, à Alain-Fournier et aux autres.

Qui pouvait être « au-dessus de la mêlée », comme prétendit le rester, avec tant de difficulté, l'écrivain Romain Rolland ?

Annette BECKER, *Le Monde* du 29 juillet 1994.

1914

EN ARMES

28 juin – L'archiduc François-Ferdinand est assassiné à Sarajevo.
28 juillet – L'Autriche-Hongrie déclare la guerre à la Serbie.
31 juillet – Assassinat de Jean Jaurès.
1er août – Mobilisation générale en France et en Allemagne, qui déclare la guerre à la Russie.
3 août – L'Allemagne envahit la Belgique et déclare la guerre à la France.
4 août – Le Royaume-Uni déclare la guerre à l'Allemagne.
19-20 août – Échec de l'offensive française en Lorraine.
2 septembre – Les Allemands sont à Senlis.
6-9 septembre – Bataille de la Marne et course à la mer.
20 octobre-17 novembre – Bataille des Flandres (l'Yser, Ypres). Combats en Argonne.
1er novembre – L'Empire ottoman se range du côté des puissances centrales.
Décembre – Échec de l'offensive française en Artois. Le front se stabilise de la mer du Nord à la Suisse.

EN ARTS

Disparitions

Cette année-là, plus d'une centaine d'écrivains français tombent sur les champs de bataille : le 22 août, Psichari (né en 1883) ; le 5 septembre, Péguy (1873) ; le 22 septembre, Alain-Fournier (1886).

Correspondance

Fernand Léger sur le front, en Argonne. Dans une lettre à sa mère du 21 septembre 1914, le peintre qui décrit ses impressions arrive à se montrer détaché : « *C'est une vie très dure et qu'il est impossible de se figurer si l'on n'y est pas soi-même* [...]. *Pour te décrire, au point de vue artistique, tout le grandiose de tout cela, c'est impossible. Ces défilés interminables d'artillerie criblée de balles. Tous ces hommes harassés et dormant sur les caissons. Les convois de blessés qui nous demandent à boire. Les cadavres de chevaux qui jalonnent les routes et empestent l'atmosphère. Tout cela, avec les villages qui flambent, est triste en soi mais quel effet saisissant et nouveau. On arrive à l'insouciance complète.* » (*Fernand Léger*, par Georges Bauquier, Adrien Maeght Éditeur, 1987)

Journal

L'Enfant Yves Congar. Journal de la guerre 1914-1918, d'Yves Congar, paru en 1997.

Presse

Jean-Louis Forain traite des malheurs du front et des travers de « l'arrière » dans *Le Figaro* et *L'Opinion*.

Peinture

Max Beckmann (1884-1950) grave *La Déclaration de guerre*, au cours de l'été de 1914. Berlin est parcourue par des cortèges de soldats exaltés et une foule à la recherche des dernières nouvelles. L'artiste ne cède pas à cette ferveur. Tout en étant résolu à s'engager dans les services de santé, il demeure un observateur de ses contemporains et note les physionomies et les expressions, de la colère à l'angoisse, de la stupeur à la frénésie.

1915

EN ARMES

Février-mars – Échecs des offensives française en Champagne et franco-anglaise aux Dardanelles.
10 avril – Victoire française sur les côtes de Meuse.
22 avril – Première utilisation des gaz à Langemark, près d'Ypres, en Belgique.
24 avril – Début du génocide arménien.
23 mai – Entrée en guerre de l'Italie aux côtés des Alliés.
4 août – Les Allemands occupent Varsovie.
25 septembre – 11 octobre – Offensive française en Artois.
5 octobre – Entrée en guerre de la Bulgarie.
29 octobre – Aristide Briand devient président du Conseil.
6-8 décembre – Conférence interalliée au GQG du maréchal Joffre, à Chantilly.

EN ARTS

Disparition

Louis Pergaud (né en 1882), le 8 avril.

Littérature

Rupert Brooke (1887-1915), *1914 and Other Poems*.
Apollinaire, *Case d'Armons*.
René Benjamin (1885-1948), *Gaspard*, prix Goncourt 1915.
André Suarès (1868-1948), *C'est la guerre, Nous et eux, Occident (Commentaires sur la guerre des boches)*.
Romain Rolland (1866-1944) devient prix Nobel de littérature.

Peinture

C. R. W. Nevinson (*La Mitrailleuse*). Gino Severini (1883-1966 ; *Le Train-hôpital*). Max Beckmann (*L'Obus*).

Otto Dix (1891-1969), sur le front en Champagne, combat en Artois et dans la Somme. Il signe un *Autoportrait en cible* et des dessins très cubistes jusqu'à la fin du conflit.

Presse

Lancement du *Canard enchaîné* et du *Crapouillot*.

Orage d'acier
(1916-1917)

L'année 1916 reste dans les mémoires comme celle des deux batailles les plus sanglantes de la guerre de 1914-1918 : Verdun pour les Allemands et les Français, la Somme pour les Britanniques et les Allemands. L'année 1917 voit les armées russes s'écrouler sur le front de l'est. À l'ouest, alors que les Américains prennent pied sur le continent, l'échec de l'offensive du Chemin des Dames entraîne la multiplication des mutineries, durement réprimées au sein de l'armée française. Ces années sont marquées par la publication des premiers classiques signés par des écrivains-soldats, qui témoignent de l'horreur du conflit.

L'ENLISEMENT

En 1916, entre février et décembre, la bataille de Verdun voit les défenseurs français résister à l'offensive allemande. L'hécatombe qu'elle provoque, de part et d'autre, ne change pas le cours du conflit.

La deuxième bataille la plus meurtrière du conflit, engagée par les Anglais soutenus par les Français, se déroule sur la Somme entre juillet et novembre, et se heurte à la résistance allemande. Ce double échec condamne la stratégie des attaques frontales, même avec une préparation d'artillerie féroce et, pour la première fois, l'intervention des chars.

LES MUTINERIES

Les offensives d'usure, puis de rupture, comme celle du Chemin des Dames, menée en 1917 par le général Nivelle qui a remplacé Joffre à la tête de l'armée française, suscitent l'incompréhension au sein de l'armée. Les mutineries se déclarent, non tant contre la guerre que contre la manière de la faire. Sur plusieurs milliers de soldats jugés par les tribunaux militaires, une cinquantaine seront exécutés. L'année 1917, enfin, enregistre un événement capital, l'entrée en guerre des États-Unis.

LA GUERRE EN IMAGES

Dans l'abondance de documents photographiques et cinématographiques qui témoignent de la guerre dominent des images du front – avant ou après l'attaque –, de l'arrière, et des reconstitutions, dont la propagande abuse. La violence des engagements ne se prête pas à l'activité photographique. Ainsi les scènes d'assaut du film *The Battle of the Somme* (vu par près de 21 millions de spectateurs, en 1916) ont-elles été tournées à l'arrière. Et la photo légendée par l'*Encyclopaedia Universalis* « L'infanterie française monte à l'assaut », où l'on voit, de face, un poilu se faire abattre, est un photogramme d'un film de fiction tourné en 1928...

Pierre JULLIEN

Le Feu de Barbusse, un Goncourt en colère

En 1916, l'académie Goncourt décerne son prix au livre d'un combattant qui a lentement changé d'avis sur la guerre. Avec Le Feu, *Henri Barbusse s'est mué en critique radical, pacifiste et révolutionnaire, du conflit et de sa grande boucherie. Si le succès est au rendez-vous, c'est au prix d'un malentendu partiel : seule l'immense audace d'avoir osé raconter les souffrances des soldats est reconnue.*

Le 15 décembre 1916, au deuxième étage du restaurant Drouant, les « Dix » de l'académie Goncourt se préparent, pour la deuxième fois depuis le début de la guerre, à décerner leur prix. Ce sont presque les mêmes que ceux de 1903, date de sa première attribution. Seul Huysmans est décédé depuis 1907, et son successeur, Jules Renard, mort trois ans plus tard, a été remplacé par Judith Gautier. Les autres sont Gustave Geffroy, Léon Hennique, Paul Margueritte, Octave Mirbeau, Joseph Henri et Séraphin Rosny, Élémir Bourges, Lucien Descaves et Léon Daudet.

Après avoir renoncé à l'attribution du prix en 1914, les « Dix » avaient en 1915 renoué avec la tradition : mais il n'y avait eu cette année-là qu'un seul candidat, *Gaspard*, de René Benjamin, qui avait été élu à l'unanimité et qui fut le premier best-seller de la guerre, avec un tirage de 150 000 exemplaires. L'année suivante en revanche, *Le Feu* de Barbusse, qui portait en sous-titre *Journal d'une escouade*, ne fit pas l'unanimité : Bourges et Daudet refusèrent leur voix à un roman aussi sulfureux : « Un livre ignoble, bas et dissolvant, qui ne peut que servir l'ennemi », estima le rédacteur en chef de *L'Action française*, qui ne put néanmoins empêcher son auteur d'obtenir le prix qu'il convoitait.

Entre 1914 et 1918, les « Dix » passèrent à côté de bon nombre de livres majeurs : *Sous Verdun*, de Maurice Genevoix, *Le Poète assassiné*, de Guillaume Apollinaire, *Lectures pour une ombre*, de Jean Giraudoux, pour n'en citer que quelques-uns. Leurs choix apparaissent après coup comme dictés par les circonstances : tous les ouvrages couronnés sont des livres de guerre, et il faut attendre 1919 pour voir *À l'ombre des jeunes filles en fleurs* battre *Les Croix de bois*. En outre, quatre « Goncourt » de guerre sur cinq sont venus récompenser des écrivains-combattants[1]. En dehors de *Civilisation* de Georges Duhamel (prix Goncourt 1918), ces « prix du soldat » sont aujourd'hui totalement oubliés. Ce n'est pas le cas du *Feu*.

Le livre avait paru en feuilleton dans *L'Œuvre* entre août et novembre 1916, avant de sortir sous forme d'ouvrage en décembre, chez Flammarion : malgré les coupures de la censure, malgré une finition insuffisante qui força Barbusse à compléter le roman pour l'édition définitive, le succès s'annonça dès ce moment. Après l'attribution du « Goncourt », ce fut un triomphe : 200 000 exemplaires furent vendus entre décembre 1916 et juillet 1918, chiffre considérable pour l'époque. Le succès ne se démentit pas ensuite : en 1935, il avait été traduit dans soixante langues. Et c'est cela qu'il faut analyser : par son immense succès, *Le Feu* échappe à l'histoire littéraire. Il appartient à l'histoire de la « culture de guerre » de 1914-1918, à l'histoire longue du souvenir de l'immense tragédie.

C'était le livre d'un combattant, et d'un combattant indiscutable. Barbusse, journaliste, romancier du désespoir et de l'absurdité de l'existence avant 1914, homme de gauche favorable au socialisme mais resté toujours à l'écart de l'engagement militant, avait été, comme tant d'autres intellectuels de son milieu, bouleversé par l'entrée en guerre. À quarante et un ans, il s'était engagé et, malgré une santé défaillante, avait obtenu d'être versé dans un régiment d'infanterie de première

1. Il s'agit de *L'Appel du sol*, d'Adrien Bertrand, grand blessé de guerre, qui écrit sur son lit d'hôpital et meurt en 1917, et dont l'ouvrage est couronné le même jour que *Le Feu* de Barbusse, mais à titre rétroactif pour l'année 1914 ; de *La Flamme au poing*, d'Henri Malherbe, qui l'emporte en 1917 ; de *Civilisation*, de Georges Duhamel, qui obtient le prix en 1918.

ligne : « Voulez-vous me compter, écrivit-il alors à *L'Humanité*, parmi les socialistes antimilitaristes qui s'engagent volontairement pour la présente guerre ? » Cette guerre, il la voit alors comme une « guerre sociale » dirigée contre le militarisme et l'impérialisme, et aussi contre la monarchie. Il y discerne l'opportunité d'une émancipation du monde. En ce mois d'août 1914, l'engagement de Barbusse s'inscrit dans une certaine banalité sociologique.

Il en est de même de son expérience de guerre, que l'on peut suivre grâce aux lettres écrites à sa femme et à son carnet personnel. Versé dans le 231ᵉ régiment d'infanterie, il part au front en décembre 1914. Il subit le baptême du feu dans le Soissonnais le 15 janvier 1915. Remarqué pour son courage, il rejette une affectation moins risquée dans un régiment territorial et refuse le grade de caporal. Il est ensuite en Artois, et il reçoit la croix de guerre en juin 1915. Malade, c'est comme brancardier qu'il participe à l'offensive de septembre 1915, et c'est pour son courage qu'il est de nouveau cité, et cette fois à l'ordre de l'armée. En novembre 1915, de plus en plus atteint par la dysenterie, il abandonne son poste de brancardier pour être versé au 8ᵉ territorial. En janvier 1916, il devient secrétaire à l'état-major du 21ᵉ corps d'armée, et il partage alors son temps entre ses nouvelles fonctions et de longs séjours dans les hôpitaux. C'est à ce moment qu'il écrit *Le Feu*. Il n'est réformé que le 1ᵉʳ juin 1917.

Barbusse n'a que très lentement changé d'avis sur la guerre. Les lettres écrites à sa femme montrent, au début, un combattant optimiste encore début 1915 et jugeant la victoire possible à brève échéance. L'expérience des premières lignes ne le conduit pas immédiatement à mettre en cause la guerre elle-même. C'est en avril 1915 que se dessine une première inflexion : de plus en plus hostile au commandement, il décrit le conflit comme une « chose monstrueuse et surtout stupide », tout en continuant d'affirmer, il est vrai, « la nécessité du sacrifice dans une guerre qui est une guerre de libération sociale, comme celle de 1792 ». Puis, en juin, l'évolution s'accentue : « Cette interminable dépense d'héroïsme, écrit-il, s'accomplit pour des causes que je persiste à trouver vagues, sans attaches avec le profond de nous-mêmes, en réalité contraires à notre destinée humaine. » Ce brancardier confronté par ses fonctions mêmes aux aspects les plus atroces de la guerre, voit désormais en elle « une chose dont on ne peut soupçonner l'horreur quand on ne l'a pas vue ». La genèse du *Feu* est dans ce très simple constat.

En janvier 1916, Barbusse avait d'abord songé à une série d'articles, puis, en mars, la volonté d'aboutir à un véritable livre s'était manifestée : *Le Feu* fut écrit en six mois seulement. En décembre, au terme d'un travail acharné poursuivi jusqu'à la dernière minute, Barbusse avait achevé, par l'écriture, d'exorciser sa guerre. André Gide, resté silencieux pendant toute la durée du conflit, voit juste lorsqu'il note : « Lecture du *Feu* de Barbusse ; excellent tant qu'il consent à ne pas être intelligent, exécrable dans les derniers chapitres, où il se pique de penser et incline les dialogues vers des fins qui sont comme ses conclusions sur la guerre. » Bien plus que l'outrance descriptive qui fut si sévèrement reprochée à Barbusse par Jean-Norton Cru[1], ancien soldat devenu critique du témoignage combattant, la faiblesse du *Feu* a trait au volontarisme un peu naïf de ses messages sur la guerre et sur l'avenir de l'humanité. Les longs dialogues entre soldats, dans un argot de tranchée qui avait déjà tant inspiré René Benjamin dans *Gaspard*, en sont les vecteurs privilégiés : disons franchement qu'ils paraissent assez pesants aujourd'hui. Le rythme de l'ouvrage est également assez lent : pendant les deux premiers tiers du livre, l'escouade décrite par Barbusse vit au quotidien, longuement. Tout change ensuite, quand l'auteur immerge ses camarades dans le combat. L'évocation du bombardement, de l'attaque (un chapitre intitulé « Le feu », qui donna son titre au livre), des blessés qui affluent au poste de secours, plonge le lecteur dans une violence qui brise tous les non-dits de l'époque sur la réalité du *no man's land*. Ces pages restent parmi les plus grandes qui aient été écrites sur la brutalité de la guerre.

Mais le vrai message du livre ne se découvre vraiment qu'au dernier chapitre, intitulé « L'aube ». La guerre y est dénoncée avec une colère inouïe : « C'est la fatigue épouvantable, surnaturelle, et l'eau jusqu'au ventre, et la boue et l'ordure et l'infâme saleté. C'est les faces moisies et les chairs en loques et les cadavres qui ne ressemblent même plus à des cadavres,

1. Jean-Norton Cru, *Témoins, Les étincelles*, 1929. Rééd. Presses universitaires de Nancy, 1993.

surnageant dans la terre vorace. » C'est le développement chez chacun de « tous les mauvais instincts sans en excepter un seul : la méchanceté jusqu'au sadisme, l'égoïsme jusqu'à la férocité, le besoin de jouir jusqu'à la folie ». La guerre, pour le Barbusse de 1916, c'est désormais des « peuples entiers qui vont à la boucherie, rangés en troupeaux d'armée, pour qu'une caste galonnée d'or écrive ses noms de princes dans l'Histoire ».

Ainsi, il ne s'agit plus d'une peinture réaliste de la guerre, d'une dénonciation instinctive de sa violence : le message est antimilitariste, internationaliste, révolutionnaire, et il vise tous les ennemis des « pauvres ouvriers innombrables des batailles ». « L'égalité, c'est la grande formule des hommes », écrit-il avant d'en appeler, *in extremis*, à « l'entente des démocraties, l'entente des immensités, la levée du peuple du monde, la foi brutalement simple ».

On peut être surpris que la censure ait permis la parution d'un tel livre. On peut être plus surpris encore que son message n'ait été que partiellement compris et entendu par les dizaines de milliers de lecteurs – soldats compris – qui lui firent un accueil enthousiaste. Ce qui fut retenu et apprécié dans l'œuvre de Barbusse, c'est un réalisme qui semblait trancher avec tout ce qui avait été écrit auparavant. Le monde des soldats eut l'impression que, pour la première fois, ses souffrances étaient dites. Les civils, pour la première fois également, crurent voir les souffrances combattantes. C'est en ce sens que *Le Feu* est un tournant dans l'histoire culturelle de la guerre. Mais un livre n'est lu et compris qu'en fonction des « horizons d'attente » de ses lecteurs : or, si ces derniers ont cru voir en Barbusse une sorte de « Zola des tranchées », ils n'ont pas perçu le message internationaliste, pacifiste et révolutionnaire de l'écrivain. Il est vrai que le roman est lui-même plein d'ambiguïtés : comme le dit un de ses personnages, tout effaré encore de sa propre violence lors de l'attaque qui vient d'avoir lieu : « Il le fallait. [...] Il le fallait – pour l'avenir. » La majorité des lecteurs de Barbusse en 1916 pensaient en effet encore comme cet autre soldat de l'escouade du *Feu :* « Faut tuer la guerre, faut tuer la guerre dans le ventre de l'Allemagne ! »

Avec ce livre, Barbusse, lui, s'était engagé sur son chemin de Damas. Le succès du roman lui confère une sorte de mission :

« Il y a un devoir à remplir et il faut parler, dit-il en mai 1917. [...] La vague du *Feu* me donne à présent la certitude d'être entendu. Ne nous absorbons pas à déplorer le malheur et les deuils de la guerre – essayons de nous servir de cela pour améliorer la vie sociale et préserver l'avenir. » Barbusse s'est mis à croire à lui-même, et à son propre prophétisme. Il fonde la même année, en novembre, l'Association républicaine des anciens combattants, dont l'orientation est, en outre, à cette date bien plus « wilsonienne » que révolutionnaire. Il reste d'ailleurs silencieux devant la révolution d'Octobre, qu'il interprète comme une trahison à l'égard des Alliés.

C'est fin 1919 seulement qu'il devint un fervent défenseur de la « grande lueur à l'Est » : « Camarades, écrit-il en octobre, le drapeau de la République socialiste des soviets [...] est le drapeau rouge de l'affranchissement des hommes. » En 1920, il prend parti pour l'adhésion au Komintern et pour l'acceptation des vingt et une conditions posées par Lénine. Le 18 février 1923 enfin, la route vers le bolchevisme s'achève par l'adhésion de Barbusse au PCF. Il est le seul intellectuel français de premier plan à avoir ainsi rejoint le camp de Moscou dès le début des années 1920. Celui qui, dès cette date, a cru voir dans la figure de Lénine « une espèce de Messie », est, parmi les écrivains français, un des principaux convertis de la Grande Guerre. Un converti à la foi communiste.

Barbusse avait ainsi fait son choix d'intellectuel français confronté à la mort de masse. Chez l'adversaire, à Vienne, un des plus grands esprits du XXe siècle y réfléchissait également : Sigmund Freud.

Stéphane AUDOIN-ROUZEAU, *Le Monde* du 9 août 1994.

Histoires de faux

Le cliché ci-dessus censé représenter la mort d'un poilu à Verdun, présenté comme pris par un opérateur allemand en 1916, « montre de face, en légère plongée, pendant un assaut, un soldat français touché par une balle, explique Laurent Véray, maître de conférences en cinéma à l'université Paris-X-Nanterre, dans *Les Faux qui font l'histoire* (Vingtième siècle, juillet-septembre 1999). En réalité, cette photographie, *a priori* saisissante, est un faux. Il s'agit en effet d'un photogramme du film de fiction de Léon Poirier (1884-1968) *Verdun, visions d'histoire*, datant de 1928, qui fut tiré en héliogravure et reproduit à l'époque de la sortie du film dans une brochure publicitaire éditée par Jules Tallandier. »

Enfin, dans l'*Encyclopédie de la Grande Guerre 1914-1918* (Bayard, 2004), Laurent Véray explique qu'« un nombre incalculable de clichés a été pris sur le front par les photographes professionnels ou de simples amateurs ». « Les clichés de soldats, dit-il, procurent souvent une impression de spontanéité qui tranche avec l'inauthenticité des images composées des photographes officiels. » Le 28 août 1915, poursuit-il, la revue *J'ai vu* a ainsi publié « une des plus sensationnelles photographies de guerre » prise par un soldat de son poste d'observation près de Soissons. « Cet agrandissement, explique-t-il, montre trois combattants français : l'un à plat ventre, l'autre à demi couché, le dernier basculé dans un fossé. C'est un des clichés de guerre publiés les plus saisissants. Nous croyons pouvoir en affirmer l'authenticité. »

Photogramme tiré du film de Léon Poirier
Verdun, visions d'histoire, 1928.

Collection particulière

La Sentinelle de sape mort d'Otto Dix

Otto Dix, témoin de l'horreur

De novembre 1915 à décembre 1916, Otto Dix (1891-1969) se retrouve sur le front, en Champagne, et combat en Artois et dans la Somme. Il signe un *Autoportrait en forme de cible* ainsi que de nombreux dessins (près de 600) très descriptifs – scènes de tranchées, architectures de guerre, etc., où l'horreur reste discrète – jusqu'à la fin de la guerre, alors que le conflit le conduit en Pologne et en Russie.

En 1923, *La Tranchée* (« *Schützengraben* ») provoque une polémique par son réalisme et sa brutalité. Cette œuvre fera partie de l'exposition « Art dégénéré » organisée en 1937 par les nazis à Munich qui lui reprochent son antimilitarisme.

L'expérience d'Otto Dix en première ligne durant quatre ans, blessé, décoré, promu, trouve des échos dans des gravures comme *Section de mitrailleurs à l'assaut* (Somme, novembre 1916) ou *Assaut sous les gaz* (1924).

En 1936, il signe *Les Flandres*, en hommage à Henri Barbusse, sous-titrée *D'après* Le Feu *d'Henri Barbusse*.

Il gravera en 1924 *La Guerre*, une série de cinquante eaux-fortes sur le thème de la guerre, très crues, sanglantes, où l'horreur et l'épouvante évoquent Goya, comme ci-contre *La Sentinelle de sape morte*.

1916

EN ARMES

21 février – Début de la bataille de Verdun.

Mars – Violents combats sur la Meuse.

31 mai-1er juin – Bataille du Jutland, qui consacre la supériorité maritime des Britanniques.

1er juillet – Début de la bataille de la Somme (qui durera jusqu'en novembre). Le premier jour, le plus meurtrier de toute la guerre, les Britanniques comptent 60 000 morts, blessés ou disparus, les Allemands 20 000 lors des bombardements préparatoires.

29 août – Hindenburg et Ludendorff prennent la tête de l'armée allemande.

15 septembre – Première utilisation des chars d'assaut par les Britanniques sur la Somme, à Flers.

18 décembre – Fin de la bataille de Verdun.

25 décembre – Joffre est élevé à la dignité de maréchal de France et remplacé par le général Nivelle à la tête de l'armée française.

EN ARTS

Littérature

Ceux de Verdun, André Suarès (1868-1948).

Sous Verdun, Maurice Genevoix (1890-1980).

Le Feu, Prix Goncourt 1916, Henri Barbusse (1873-1935).

Mort du colonel Driant (le « capitaine Danrit » en littérature), au bois des Caures.

Gravure

De novembre 1914 à 1916, Félix Vallotton (1865-1925) participe à quatre numéros de *La Grande Guerre vue par les artistes* et publie un album de six gravures sur bois, *C'est la guerre*. Le Belge Frans Masereel (1889-1972) se rend à Genève, fréquente les milieux pacifistes et se lie avec Romain Rolland. Il fonde la revue *Les Tablettes* dans laquelle il publie 48 gravures et illustre *Debout les morts* puis *Les Morts parlent*.

Correspondance

Oskar Kokoschka, André Mare, Fernand Léger produisent des œuvres significatives. Ce dernier décrit l'enfer de Douaumont repris par les Français dans une lettre à sa future femme, Jeanne, le 28 octobre. « Quand je suis arrivé, [...] j'ai reconnu l'emplacement des lignes françaises parce que je voyais des pieds chaussés de souliers et des équipements français. Un peu plus loin, dans cette terre remuée, des bottes boches avec des jambes dedans, des bouts de jambes, des bras, des têtes et des trous avec de la boue rouge. C'était ça, la ligne d'attaque [...]. Tout cela gris [...] sauf la petite tache blanche d'une main ou d'une tête qui sort de la boue. » (Extrait de *Fernand Léger*, de Georges Bauquier, Adrien Maeght Éditeur, 1987.)

Cinéma

McDowell et Malins tournent *The Battle of the Somme* (*La Bataille de la Somme*), un documentaire d'une heure sur les préparatifs et les conséquences de l'attaque, dans lequel les assauts, reconstitués, sont tournés à l'arrière. À l'automne 1916, le film est vu par plus de 20 millions de spectateurs en Grande-Bretagne. Selon Laurent Véray, dans l'*Encyclopédie de la Grande Guerre*, « les civils découvrent pour la première fois des images de guerre assez dures (le retour des blessés, l'enterrement des morts) ».

1917

EN ARMES

31 janvier – L'Allemagne annonce la guerre sous-marine à outrance.

2 avril – Entrée en guerre des États-Unis.

16 avril – Offensive Nivelle sur le Chemin des Dames. Utilisation de chars français.

11 mai – Pétain succède à Nivelle, limogé.

28 juin – Débarquement des soldats américains à Saint-Nazaire.

31 juillet-10 novembre – Nouvelle bataille de Passchendaele (Ypres).

24 octobre – Débandade de l'armée italienne.

16 novembre – Clemenceau devient président du Conseil et ministre de la Guerre.

3 décembre – Négociations, à Brest-Litovsk, entre les délégués du nouveau gouvernement bolchevique et ceux de l'Allemagne.

15 décembre – Armistice, pour quatre semaines renouvelables, entre l'Allemagne, l'Autriche-Hongrie et la Russie.

EN ARTS

Littérature

Un hiver à Souchez, Jean Galtier-Boissière (1891-1966). *Le Guerrier appliqué*, Jean Paulhan (1884-1968). *La guerre est morte*, Louis Delluc (1890-1924). *Nuits de guerre*, Maurice Genevoix (1890-1980).

Peinture

Un village en ruine près de Ham, par Pierre Bonnard, qui fait partie des artistes mobilisés dans le cadre de la création des « missions artistiques aux armées », dont une douzaine seront organisées en 1917.

La Partie de cartes, de Fernand Léger.

Félix Vallotton (1865-1925), sur les fronts de Champagne et d'Argonne, exécute des croquis, qui donneront lieu à une douzaine de tableaux.

Le 17 avril, André Masson (1896-1987) est gravement blessé lors d'un assaut. Il raconte : « Blessé le deuxième jour de l'offensive désastreuse de 1917, en fin d'après-midi, je ne pus être transporté – telle était la coutume – que la nuit venue. Mes brancardiers, après avoir dépassé les lignes de repli, débouchaient dans la plaine quand se déclencha un tir de barrage. Ils s'enfuirent, s'abritèrent et me plantèrent là, dans la nuit innommée des champs de bataille, striée en tous sens par des fusées lumineuses vertes et rouges, zébrée par des sillages et les fulgurations des projectiles et des fusées, toute cette féerie étant orchestrée par les explosions des obus qui m'encerclaient littéralement. Voir tout cela, la face levée, le corps immobilisé dans une civière, au lieu d'être tête baissée comme dans les attaques, ou en boule, tel un chien, dans les entonnoirs, représentait une situation insolite et rare. L'effroi, le brise-nerfs premiers firent place à la résignation, puis, par un glissement du délire, ce fut comme une fête donnée à un gisant [...]. Si je donne quelque importance à cet épisode mineur d'un jeune soldat hors de combat, c'est parce qu'il y a beaucoup de trajectoires, de conflits dans mes tableaux. Et puis lorsqu'on peint – quel que soit le thème – en fin de compte, on ne peut peindre que soi-même. » (*Vagabond du surréalisme*, par André Masson, Éditions Saint-Germain-des-Prés, 1975.)

Chanson

La Chanson de Craonne, poème anonyme pacifiste, est entonnée dans les tranchées :

Adieu la vie, adieu l'amour
Adieu toutes les femmes !
C'est pas fini, c'est pour toujours,
De cette guerre infâme !
C'est à Craonne, sur le plateau,
Qu'on doit laisser sa peau.
Car nous sommes tous condamnés,
Nous sommes les sacrifiés (refrain).

On a gagné !
(1918-1920)

L'entrée en guerre des États-Unis en 1917 se montre décisive en 1918. L'armistice, le 11 novembre, est précipité par la proclamation de la République à Berlin et l'abdication de Guillaume II, le 9 novembre. Avec la disparition des Empires allemand, austro-hongrois, russe et ottoman, la carte de l'Europe est bouleversée. Peintres et écrivains combattants entretiennent déjà le souvenir du martyre des soldats. Si Ernst Jünger glorifie la guerre, Roland Dorgelès exalte, lui, la vie de ses camarades disparus, annonçant les grands romans pacifistes à venir.

LA FIN DU CONFLIT

L'intervention américaine s'avère décisive en 1918, année qui voit les puissances alliées de l'Allemagne rendre les armes : la Bulgarie (29 septembre), la Turquie (31 octobre) et l'Autriche-Hongrie (3 novembre). La signature du traité de Brest-Litovsk, entre l'Allemagne et la Russie, n'a pas empêché l'effondrement de l'armée allemande. Le 9 novembre, la République est proclamée, Guillaume II abdique ; le 11, l'armistice est signé dans la forêt de Compiègne, à Rethondes.

LES TRAITÉS

L'armistice ne constitue qu'une première étape du processus de paix. Les traités de Versailles, avec l'Allemagne, de Saint-Germain-en-Laye, avec l'Autriche, de Neuilly-sur-Seine, avec la Bulgarie (1919), de Trianon, avec la Hongrie, de Sèvres, avec la Turquie (1920), instaurent un nouvel ordre géographique, politique et militaire dans une Europe économique dépassée par les États-Unis. Mais comment expliquer la défaite à des Allemands dont les troupes occupaient d'immenses territoires, dont le sol national était resté vierge de toute incursion étrangère ?

MÉMOIRE COMBATTANTE

Récits, journaux, correspondances, romans, la littérature « de guerre » des écrivains combattants abonde dans les dernières années. Aux écrits « à chaud » de Genevoix et Barbusse dès 1916 succèdent ceux à charge de Dorgelès, avec *Les Croix de bois*, ou plus lyriques de Jünger, fasciné par la guerre, avec *Orages d'acier* en 1920. Ces témoignages constituent une mine d'information sur la guerre vue à travers la vie du soldat, confronté à la vermine, aux combats, à la mort ou en colère contre les embusqués.

Pierre JULLIEN

Roland Dorgelès, plus jamais ça !

Avec réalisme, sans effets de style ni envolées lyriques ou accents prophétiques, l'auteur des Croix de bois, *engagé volontaire en 1914, restitue au plus près la vie des Poilus dans leur grandeur quotidienne.*

Au regard de la postérité, Roland Dorgelès, de son vrai nom Roland Lecavelé (1885-1973), risque de ne rester que comme l'auteur d'un livre unique, *Les Croix de bois*. Ce livre, qui décrit sans fioritures, sans recherche particulière d'écriture, la vie quotidienne des « Poilus » pendant le conflit 14-18, s'inscrit en effet, par son inspiration, sa publication, son audience, dans un état d'esprit général qui est la condamnation des holocaustes guerriers : « Plus jamais ça ! »

Ce n'est pas un hasard si plusieurs livres qui traitent du même thème en des termes diversement accusés paraissent à peu près dans le même temps : *Le Feu*, d'Henri Barbusse, en 1916 ; la *Vie des martyrs* et *Civilisation*, de Georges Duhamel, en 1917 et 1918 ; *Les Croix de bois*, en 1919 ; et, avec une décennie de retard, explicable par le complexe de la défaite, *À l'ouest rien de nouveau*, de l'Allemand Erich Maria Remarque, en 1928.

Ces quatre documents sont indissociables pour qui voudra étudier la crise de la civilisation occidentale. Ils sont l'expression horrifiée du refus de sacrifices humains inutiles, le rejet d'une boucherie aussi injustifiée qu'inqualifiable. Henri Barbusse l'écrivait à sa femme, le 14 avril 1916 : « La crise actuelle est l'aboutissement logique et fatal des vanités nationales. Elle sera dans un temps donné – dans dix ans, dans vingt ans – suivie d'une autre guerre qui achèvera la ruine en hommes et en argent du vieux monde. »

D'autres conflits ont succédé à cette Seconde Guerre mondiale que prophétisait Barbusse. Ils n'en ont pas l'ampleur, et surtout, malgré la cruauté accrue des moyens employés, ils ne provoquent pas le même sentiment d'horreur. C'est que, pour nombre des peuples qui y sont engagés, les sacrifices en hommes et en biens paraissent le prix douloureux mais inévitable d'un monde neuf en gestation. Rien de tel dans le conflit de 1914-1918 qui, pour les esprits les plus lucides de ce temps, apparut vite comme un phénomène masochiste d'autodestruction d'une civilisation alors au sommet de sa puissance, et acharnée à se perdre pour de sordides questions de sous et de mauvais voisinage.

LA CHOSE VUE, VÉCUE ET ENTENDUE

Les Croix de bois ne témoigne pas, certes, d'une telle prémonition. Il ne débouche pas, comme *Le Feu*, sur une perspective socialiste, présentée par Barbusse comme « la seule doctrine politique où il y ait, du point de vue international, je ne dis pas seulement une lueur d'humanité, mais une lueur de raison ». Il n'en a ni la puissance évocatrice ni la précision d'entomologiste. Il ne dresse pas, comme *Civilisation*, un procès de la société moderne. Il ne rend même pas, comme *À l'ouest rien de nouveau*, ce son de désespérance, de fin de partie qui fait déjà penser au désert spirituel de Beckett. C'est un témoignage du quotidien, de la chose vue, vécue, entendue (Dorgelès n'oublie pas qu'il a été journaliste) avec de beaux cris de révolte et d'indignation (« Au secours ! On assassine des hommes ! » à la fin du chapitre XII), mais mélangés à des pages plus sereines et, disons le mot, plus drolatiques.

À quelques pas du front, on s'amuse. Les filles sont belles. La philosophie de Dorgelès sur la guerre peut se résumer dans le personnage de Sulphart : « Dans sa bouche, la guerre devenait une sorte de grande blague, une succession abracadabrante de veilles, de patrouilles, d'attaques, de ribouldingues. » La guerre est une tragi-comédie. Pour Dorgelès le Montmartrois, elle est une « vie de bohème » en plus violent, en plus coloré, en plus dramatique.

Rendu à la vie civile, Dorgelès va retourner à sa pente naturelle, celle de la Butte et de l'esprit montmartrois. Mais il y aura constamment une fêlure dans sa voix, un théâtre d'ombres. « J'ai toujours pensé, écrivait François Porché en

1936, qu'il y avait, chez Roland Dorgelès, un pessimiste noir. Ce pessimiste a un masque attaché à sa peau et qui rit. Tout est duperie. Rien ne signifie rien et rien ne sert à rien. »

Dorgelès : un rescapé qui a voulu oublier et qui s'est toujours souvenu. Un témoin, tout simplement. Mais un témoin à charge.

Paul MORELLE, *Le Monde* du 21 mars 1973.

« Avec un chantonnement frais et léger »

Dans *Orages d'acier*, c'est un tout autre ton que celui des *Croix de bois*, de Roland Dorgelès, du *Feu*, d'Henri Barbusse ou d'*À l'Ouest, rien de nouveau*, d'Erich Maria Remarque. Ernst Jünger, fasciné par la guerre, refuse la défaite jusqu'au bout. Il décrit la guerre avec lyrisme. « *La bleusaille* » allemande est conduite au front, en Champagne, après quelques « *brèves semaines d'instruction* ». Les troupes fraîchement débarquées gagnent leurs positions de combat : « L'avance se fait plus rapide. L'incertitude de la nuit, le papillotement des fusées éclairantes, les lents vacillements des feux de file suscitent une nervosité qui nous maintient dans une singulière vigilance. Par instants, une balle perdue passe avec un chantonnement frais et léger, pour s'égarer au loin. Que de fois encore, après cette première expérience du feu, ai-je marché ainsi, en proie à une émotion faite de mélancolie et d'énervement, à travers des paysages ravagés par la mort, vers la première ligne ! »

Blessé, le conteur est rapatrié vers l'arrière : « Le train nous déposa à Heidelberg. Quand je vis les collines du Neckar couvertes de cerisiers en fleur, j'eus le vif sentiment de me retrouver chez moi. Comme ce pays était beau, et bien digne qu'on versât son sang et qu'on mourût pour lui ! Jamais encore je n'avais ainsi éprouvé son charme. Des pensées bonnes et graves me vinrent et j'entrevis pour la première fois que cette guerre signifiait plus qu'une grande aventure. »

De retour au front, devenu lieutenant, les opérations se succèdent :

« Ces brefs coups de main, durant lesquels il fallait serrer les dents, étaient un parfait moyen de s'endurcir le courage et de varier la monotonie de l'existence dans les tranchées. Il faut avant tout que le soldat ne s'ennuie pas. »

QUATRE DE L'INFANTERIE

Collection particulière

Quatre de l'infanterie (1930) (Westfront, 1918), du réalisateur allemand G.W. Pabst et tiré d'un roman d'Ernst Johannsen, a été interdit sous Hitler. Ce film aux accents pacifistes raconte la vie au front de quatre soldats allemands en 1918, l'étudiant, le cultivateur Muller, le contremaître Job et Lornsen le technicien, que le destin a condamnés :

« Ils sont morts sans espoir, sans consolation, s'abandonnant, résignés, à leur sort.

Nul monument. Rien pour rappeler leurs souffrances.

Et les paroles s'envolent comme des feuilles au vent.

Par-dessus dix millions de morts, la vie reprend son cours ordinaire. »

Dans les moments de répit, il a le temps de lire l'*Arioste*, de s'en réciter des mots : « Un grand cœur ne sent pas d'horreur devant la mort, à quelque instant qu'elle vienne, pourvu qu'elle soit glorieuse. »

Au printemps 1918, Jünger, blessé, « après un court séjour à l'ambulance bavaroise de Montigny », regagne Berlin où il se soigne de sa sixième double blessure. La guerre devient un rite initiatique ponctué de décorations : « La grande bataille marqua aussi un tournant dans ma vie intérieure, et non pas seulement parce que désormais je tins notre défaite pour possible. La formidable concentration des forces, à l'heure du destin où s'engageait la lutte pour un lointain avenir, et le déchaînement qui la suivait de façon si surprenante, si écrasante, m'avaient conduit pour la première fois jusqu'aux abîmes de forces étrangères, supérieures à l'individu. C'était autre chose que mes expériences précédentes ; c'était une initiation, qui n'ouvrait pas seulement les repaires brûlants de l'épouvante. Là, comme du haut d'un char qui laboure le sol de ses roues, on voyait aussi monter de la terre des énergies spirituelles.

J'en vis longtemps une manifestation secondaire de la volonté de puissance, à une heure décisive pour l'histoire du monde. »

Extraits d'*Orages d'acier*, d'Ernst JÜNGER,
traduit de l'allemand par Henri Plard,

Les deux morts de Guillaume Apollinaire

L'écrivain Guillaume Apollinaire, qui avait survécu à la guerre malgré une grave blessure, mourut de la grippe espagnole, qui tua entre 1918 et 1919 vingt millions de personnes, soit plus que les neuf millions de soldats morts à la guerre. Il fut inhumé au Père-Lachaise deux jours après l'armistice.

Deux jours après la fin de la guerre, le poète Guillaume Apollinaire fut enterré au cimetière du Père-Lachaise, à Paris. Il avait trente-huit ans. Wilhelm Apollinaris de Kostrowitsky, né le 26 août 1880, descendant d'une famille de la noblesse polonaise, était avant 1914 non seulement un poète d'avant-garde, mais aussi un critique d'art renommé. En 1907, il avait présenté Braque à Picasso, et s'était efforcé, à Berlin comme à Paris, de faire connaître l'art cubiste.

Après avoir fui Paris pour Nice à la déclaration de guerre, il s'engagea, et fut récompensé par l'octroi de la nationalité française. Il rejoignit le 38e régiment d'artillerie à Nîmes, et partit pour le front à Pâques 1915. Il servit d'abord comme brigadier, puis, à partir d'août 1915, comme maréchal des logis. Apollinaire, poète-soldat, surprit beaucoup ses amis. Nul ne s'attendait que ce fantaisiste corpulent s'accommode de la discipline militaire ; c'est pourtant ce qu'il fit.

Certains de ses *Poèmes de la paix et de la guerre*, tel est le sous-titre de *Calligrammes*, sont patriotiques et pleins de vie. Ce sont des poèmes visuels. Une partie de la *Petite Auto* dessine la forme d'une voiture ; dans *Loin du pigeonnier*, les vers semblent voleter au travers de la page. Quant aux poèmes *Voici le cercueil* et *Vive la France*, des calligrammes retrouvés publiés par Apollinaire hors recueil, ils se présentent ainsi :

Aux antipodes de la poésie du désenchantement d'un Wilfred Owen ou d'un Marc de Larréguy de Civrieux, les vers d'Apollinaire acceptent la guerre, « en riant tous les risques » (André Billy). En 1917, il a écrit :

Pitié pour nous qui combattons
[toujours aux frontières
De l'illimité et de l'avenir
Pitié pour nos erreurs
[pitié pour nos péchés

Le terme de pitié est celui qui convient le mieux aux circonstances de la mort d'Apollinaire. Après avoir servi une batterie d'artillerie d'avril 1915 à mars 1916, il fut touché à la tête, le 17 mars 1916. Il survécut à la trépanation, et à d'autres formes de médecine militaire, mais alors qu'il se remettait de sa blessure, il fut terrassé par la grippe et mourut deux jours avant l'armistice.

La maladie qui l'emporta était une forme particulièrement virulente de la grippe que l'on appela grippe espagnole. Car on croyait que des marins espagnols l'avaient rapportée d'Asie. On ne sait toujours pas d'où elle provenait ni pourquoi elle disparut au milieu de l'année 1919. Elle laissa en tout cas dans son sillage environ vingt millions de morts. Guillaume Apollinaire fut victime de l'une des plus grandes pandémies de l'Histoire.

En 1918-1919, cette maladie tua plus de personnes que la guerre, elle fut plus meurtrière que les grandes épidémies de variole, de choléra ou de typhus du début du XIXe siècle. Elle survint en deux vagues. La première, du milieu jusqu'à la fin de l'année 1918 ; la seconde, moins virulente, au printemps 1919.

Cette grippe fit plus de victimes en Inde ou aux États-Unis qu'en Europe. En Inde, on estime le nombre de morts à plus de sept millions. Elle tua plus d'un million de personnes en Afrique occidentale. La grippe obligea les autorités australiennes à arrêter le cabotage et à fermer les frontières entre les États. On estime qu'un quart de la population des îles du Pacifique avait disparu à l'automne 1918. On suggère même que l'épidémie contribua à empoisonner l'atmosphère des négociations de paix à Paris et à miner les efforts du président Wilson pour convaincre le Sénat américain de ratifier le traité de paix. Si l'on peut parler de catastrophe mondiale, c'est bien à propos de cette épidémie.

Elle ne fut pas causée par la guerre, bien que les déplacements multiples aient contribué à répandre l'infection. Les conditions de guerre diminuèrent-elles la résistance des populations européennes à la maladie en général ? On peut en douter : la grippe espagnole n'était pas une maladie ordinaire, et fit autant de victimes dans le Middle West des États-Unis, où la guerre avait permis un essor économique, qu'en Europe centrale, où les restrictions étaient de règle.

La grippe espagnole frappa sans distinction de classe, de sexe ou de nationalité. Les soldats furent touchés de chaque côté de la ligne de front, des suspensions des hostilités furent nécessaires afin de permettre leur évacuation. Les malades, atteints d'une forte fièvre, étaient terrassés rapidement : l'issue était fatale en quelques jours.

La plupart des médecins étaient sous l'uniforme, et ne pouvaient donc pas venir à leur secours. Leur absence ne fut pourtant pas décisive. Il n'existait aucun remède. Les mesures préventives, telles que le port du masque à gaz ou la désinfection par fumigation des domiciles, furent inefficaces.

Le récit de la mort d'Apollinaire est tout à fait révélateur de l'atmosphère sombre des derniers mois du conflit et du cadre étrange, hanté par la maladie, dans lequel s'est déroulée la signature de l'armistice.

Le poète fut l'un des milliers de soldats en convalescence qui moururent de la grippe. Peut-être sa résistance à l'infection avait-elle été diminuée, mais des millions d'autres soldats, sortis de la guerre indemnes, moururent du même mal. Apollinaire n'est donc pas un mort de la guerre, bien qu'on trouve son nom dans le *Livre d'or du 1er arrondissement de Paris*. Mais le terme peut se justifier, puisqu'il est mort alors qu'il se trouvait en convalescence après des blessures reçues en service actif.

Le poète Blaise Cendrars nous a fait le récit, mi-réaliste, mi-onirique, de ce qu'il a alors vécu. Cendrars était à Nice en train de tourner *J'accuse* avec Abel Gance. Il se rendit à Paris afin de s'occuper du montage du film et rencontra Apollinaire, le dimanche 3 novembre 1918. Ils déjeunèrent ensemble à Montparnasse et parlèrent du « sujet d'actualité, de l'épidémie de grippe espagnole qui faisait plus de victimes que la guerre ». Cinq jours plus tard, Cendrars apprit qu'Apollinaire avait attrapé la grippe. Le lendemain soir, samedi 9 novembre, Apollinaire succombait.

L'enterrement se déroula le 13 novembre. Le voici, revécu et réécrit par Cendrars. Après l'absolution, une garde d'honneur militaire escorta le cercueil jusqu'au parvis de l'église Saint-Thomas-d'Aquin. Suivaient Jacqueline, la veuve d'Apollinaire, des membres de la famille, des amis : Picasso, Max Jacob, Cendrars, Fernand Léger... « Le cortège fut assailli, comme par des huées, par la foule déchaînée des manifestants qui célébraient l'armistice ; hommes et femmes, bras dessus, bras dessous, qui chantaient, dansaient, s'embrassaient, et braillaient, comme en délire, le fameux refrain de la fin de la guerre :

"Non, il ne fallait pas y aller, Guillaume ! Non, il ne fallait pas y aller !..."

C'était excessivement pénible. Et, derrière moi, j'entendais les vieilles gloires de la queue du symbolisme glousser, discuter entre eux de l'avenir de la poésie, Cela était atroce, et je sentais la colère et l'indignation me gagner. »

En compagnie de Fernand Léger, Cendrars quitta le cortège pour boire une boisson chaude afin de se prémunir contre la grippe. Puis ils prirent un taxi, mais quand ils arrivèrent au cimetière du Père-Lachaise la cérémonie était terminée, et les amis d'Apollinaire s'en allaient. En cherchant parmi les sépultures, ils trébuchèrent au bord de deux fosses récemment creusées, au grand mécontentement des fossoyeurs : « Vous comprenez, avec la grippe, avec la guerre, on ne nous dit pas le nom des morts que nous descendons dans le trou. Il y en a trop. Adressez-vous à l'administration. On n'a pas le temps. On est fourbus.

— Mais, dis-je, c'est un lieutenant, le lieutenant Guillaume Apollinaire ou Kostrowitsky. On a dû tirer une salve sur sa tombe !

— Mon pauvre monsieur, me répondit le chef d'équipe, on a tiré deux salves. Ce sont deux lieutenants. Nous, on ne sait pas lequel vous cherchez. Regardez vous-même ! »

Ils aperçurent alors une tombe dont la terre reproduisait exactement la forme de la tête d'Apollinaire, avec de l'herbe en guise de cheveux autour de la cicatrice de sa trépanation.

« Le psychisme qui s'en dégage est trop intense, on n'en croit pas ses yeux. Nous nous retirâmes bouleversés. [...] C'était bien lui. Nous l'avons vu. Apollinaire n'est pas mort. Bientôt il va se manifester. »

Cette scène surréelle se déroula juste en face de la sépulture d'Allan Kardec, fondateur du spiritisme français. Cendrars et les autres amis du défunt passèrent devant la devise inscrite sur sa tombe : « Naître, mourir, renaître encore. » « C'était fantastique. Paris était en fête. Apollinaire perdu. J'étais plein de mélancolie. C'était absurde. [...] Sous quel masque Guillaume allait-il monter en cours de route pour rentrer dans la grande fête de Paris ? »

L'enterrement de Guillaume Apollinaire ainsi vu par Cendrars reflète bien ces moments qui suivirent la fin de la Grande Guerre. Le mélange de désespoir et de délire, présents dans la célébration, évoque la nature folle et mélancolique de l'armistice de 1918. L'impression qu'eut Cendrars de reconnaître le profil d'Apollinaire sur une tombe récemment creusée, l'intuition qu'il n'était pas vraiment mort, mettent en relief la puissance du refus de la mort, l'espoir que l'on conservait de la survie d'un être cher.

De 1914 à 1918, neuf millions de soldats furent tués à la guerre. Ils étaient si nombreux à ne pas avoir de tombe que l'on pouvait toujours espérer. Mais cela ne pouvait durer. Les difficultés de Cendrars pour trouver la tombe d'Apollinaire font écho à celles que des millions de gens rencontrèrent pour localiser leurs morts et faire le pèlerinage jusqu'à leurs sépultures. Il fallut des années pour que soient construits les cimetières militaires. En attendant, pour la plupart de ceux qui étaient morts à la guerre, le deuil fut, au sens propre, désincarné.

Cendrars fut loin d'être le seul à avoir manqué les funérailles d'un ami disparu. Mais, même s'il avait eu du mal à trouver sa tombe, il savait qu'elle existait. Comme ce jour de la victoire fut différent de celui dont il avait rêvé dans ce poème écrit en octobre 1916 :

Le soleil ouvrira de bonne heure
[comme un marchand de nougat
un jour de fête
Il fera printemps au bois de Boulogne
[ou du côté de Meudon

Toutes les automobiles seront
[parfumées et les pauvres chevaux
mangeront des fleurs
[...]
Puis
Le soir
La place de l'Étoile montera au ciel
Le dôme des Invalides chantera sur
[Paris comme une immense
cloche d'or
Et les mille voix des journaux
[acclameront la Marseillaise
Femme de France

L'explosion de joie à partir du 11 novembre 1918 fut noyée pour Cendrars dans la mort d'Apollinaire. En Allemagne, novembre prenait encore une autre tonalité.

Jay WINTER, *Le Monde* du 23 août 1994.

L'année zéro d'Alfred Döblin

Le 9 novembre 1918, la République de Weimar naît sur les ruines du IIe Reich, la révolution spartakiste couve, l'Alsace retourne à la France. L'auteur de Berlin Alexanderplatz *fait de cette période trouble la matière des deux mille pages de son monument littéraire oublié,* Novembre 1918.

« Ils ont laissé le pays dans un bel état, ces Hohenzollern ! » Novembre 1918. L'Allemagne, vaincue, ne mesure pas encore l'étendue de sa défaite : les militaires – héros, déserteurs, officiers et simples soldats – sortent des tranchées et des états-majors pour refluer en désordre. L'Empire s'est effondré, l'empereur s'est sauvé en Hollande, la révolution couve, les spartakistes ont l'œil fixé sur la Russie dont ils souhaitent suivre l'exemple, les sociaux-démocrates temporisent, le peuple se sent trahi.

On peut comprendre qu'Alfred Döblin, né en 1878 dans une famille juive de Stettin (et décédé en 1957), émigré depuis 1933, citoyen français dès 1936, commence, en 1939, *Novembre 1918*, une fresque de deux mille pages sur une révolution trahie, sur une terrible défaite qui ébranla toute son existence. Fresque qu'il poursuivit en Amérique, où il s'était réfugié avec un de ses fils. Le premier tome sera publié à l'automne 1939, au début de la « drôle de guerre », par Klaus Mann aux éditions Querido, et tous les éditeurs américains, effrayés sans doute par l'ambiguïté de ce « révolutionnaire », refuseront ses manuscrits.

UNE CERTAINE IGNORANCE DE NOTRE PART

Roman historique qui évite presque systématiquement les grands moments d'histoire, récit éclaté qui semble mettre au même niveau les drames personnels et les tractations politico-militaires, *Novembre 1918* nous submerge souvent sous une abondance de dialogues allusifs et de sous-entendus historiques, qui mettent en question tout à la fois une certaine ignorance de notre part et une volonté délibérée de ne rien savoir des affres de l'Autre, le vaincu. Nous l'avons eu, votre Rhin allemand ; cela est bien, et cela nous suffit.

Il nous submerge aussi sous une foule de détails de lieux, d'itinéraires, d'aventures plus ou moins tragiques d'une foule de personnages plus ou moins recommandables qui nous font entrer, le temps d'un chapitre, dans leur intimité, leurs pensées, leur foi. Un personnage sert de lien à ce récit unanimiste, Friedrich Becker, grièvement blessé en Alsace et qui a perdu l'usage de ses jambes, déchiré entre ses sympathies socialistes et ses convictions chrétiennes.

Au moment de quitter l'Europe, de s'exiler une seconde fois, Döblin, âgé de soixante-deux ans, sait qu'il ne trouvera pas la paix. « Nous ne restons pas à Berlin, nous allons en Amérique. Et les choses iront bien là-bas ? Bien ? Ça n'ira bien nulle part. Mais on vivra », dit l'un des personnages, un juif de Lemberg qui vient d'échapper aux pogroms. Après la guerre, Döblin se convertira au catholicisme, par conviction profonde, comme en témoigneront ses derniers livres. Rentré en Europe, il retrouve l'Allemagne, collabore avec les autorités françaises comme conseiller culturel à Baden-Baden ; et ses compatriotes lui pardonneront mal d'être revenu dans son pays, vaincu, sous l'uniforme français.

Destin insoluble d'un homme qui avait voulu être un Franco-Allemand, un précurseur de la réconciliation franco-allemande et de l'idée européenne.

Nicole ZAND, *Le Monde des livres* du 23 novembre 1990.

L'avant-garde artistique sur la brèche

L'Art au service de la cause alliée a revêtu plusieurs formes. Deux des entreprises les plus surprenantes témoignent à la fois de l'efflorescence du patriotisme avant-gardiste en période de guerre et des problèmes qu'il a rencontrés : le ballet Parade, *musique d'Erik Satie et chorégraphie de Serge de Diaghilev, et* J'accuse, *le film d'Abel Gance, assisté de Blaise Cendrars.*

La mobilisation de l'imagination fit partie intégrante du conflit. L'essentiel de l'effort entrepris pour renforcer celle-ci ne fut pas d'inspiration gouvernementale. C'est l'initiative privée qui s'en chargea.

Dans ce domaine, les divertissements populaires les plus kitsch firent passer des messages appréciés du plus grand nombre sur les vertus de son propre camp et la vilenie de l'autre. Le music-hall et l'industrie du disque se développèrent rapidement.

Les artistes d'avant-garde ont joué un rôle dans l'effort qui visait à donner une forme à la détermination indispensable à la victoire. Étant donné le caractère cosmopolite des arts d'avant la guerre et la tendance des artistes d'avant-garde à défier les conventions et les sensibilités bourgeoises, cela était quelque peu surprenant.

Mais la Grande Guerre a rendu patriotes les mouvements artistiques. Les artistes engagés dans les mêmes recherches de forme, de couleur, de tonalité et d'images avant 1914 se retrouvaient face à face dans les tranchées.

Deux traductions de cette situation nouvelle, côté allié : le ballet *Parade*, résultat de l'effort collectif de Jean Cocteau, Pablo Picasso, Érik Satie et Serge de Diaghilev ; et le film d'Abel Gance *J'accuse*. Si ces deux œuvres ont soutenu la cause alliée, l'une et l'autre, mais de différente manière, ont quelque peu échappé au contrôle de leurs auteurs.

L'âme de *Parade* fut Cocteau, âgé de vingt-cinq ans en 1914, rédacteur en chef, avec Paul Iribe, du *Mot*. La revue se donnait pour but la défense de « la pure tradition française » contre « les babioles de Munich et de Berlin ». Lorsque l'Italie entra en guerre, la couverture du *Mot* montra le profil familier de Dante avec cette simple légende : « Dante avec nous. » C'en était fait du sentiment que l'avant-garde était un mouvement international et dérangeant. À l'inverse, elle promouvait la guerre de la culture contre la grossièreté allemande.

Deux ans plus tard, Cocteau trouva une autre façon de faire connaître la suprématie culturelle des Alliés. Il écrivit l'argument d'un ballet dans la tradition de la fête foraine itinérante. La mise en scène de cette *Parade* lui fournissait l'occasion rêvée de marier le cubisme de Picasso à l'art des Ballets russes, sur la musique d'Érik Satie. Cocteau fut l'élément médiateur essentiel entre les artistes. Léon Bakst fit les costumes. La partition de Satie faisait quelques allusions au ragtime et se voulait satirique, mais dans un style « typiquement français sans être debussyste ». Picasso fit les décors, les costumes, et le rideau de scène, qui reflétait la période qu'il avait passée en Italie avec les Ballets russes en 1916.

Lorsque, le 18 mai 1917, le rideau se leva au Théâtre des Champs-Élysées, le public découvrit un univers d'une grande étrangeté : un paysage urbain cubiste. Les danseurs incarnaient un magicien chinois, une jeune Américaine et deux acrobates flanqués de deux administrateurs couverts de constructions cubistes en relief, hautes de 2,5 mètres. L'administrateur français était un « compère » et l'administrateur américain, coiffé d'un chapeau en tuyau de poêle, portait des gratte-ciel de Manhattan sur les épaules, comme s'il s'était agi d'un panneau publicitaire. Un faux cheval caracolait sur scène. Cela déclencha un tumulte. Dès l'apparition des danseurs, l'unité culturelle de la nation vola en éclats. L'apparition discordante de ce qui était en fait « des morceaux ambulants d'art cubiste » fit ressurgir la vieille ligne de fracture entre les goûts avant-gardistes et les goûts traditionnels.

Les critiques furent tièdes ou négatives. Cocteau était allé trop loin : la célébration de la cause alliée s'était transformée en une « cause célèbre ». À la suite d'une appréciation négative à propos de sa musique, Satie répliqua :

« Monsieur et cher ami,
Vous êtes un cul, mais un cul sans musique.
Érik Satie. »

Le cinéma, forme d'expression artistique récente, était moins lié aux attentes du public. Un film tourné juste à la fin de la guerre alla bien au-delà de la revendication patriotique, afin d'explorer le royaume mythique de la « génération perdue ». Il s'agit de *J'accuse*, d'Abel Gance.

Gance naquit à Paris en 1889, et commença à se faire un nom dans le monde du théâtre. Réformé pour raison de santé, il vendit des scripts de films aux grandes compagnies françaises, Gaumont et Pathé, et commença à travailler comme acteur et réalisateur à partir de 1914. Il était fasciné par les miroirs et les focales déformantes, qui créent des images qu'il appela par la suite une « vision subjective ».

Le film *J'accuse* fut financé en partie par Pathé et reçut l'aval du service cinématographique de l'armée française, où Gance travailla à partir de 1917. Le seul titre *J'accuse* – dans un premier temps appliqué aux atrocités allemandes et à la responsabilité totale de ce pays dans la guerre – suggère que ce film se donnait pour but de remonter le moral défaillant des populations.

Quelques jours après l'Armistice, le film achevé fut projeté pour la première fois sur les Champs-Élysées devant un public interallié. La première publique eut lieu au Gaumont Palace en mars 1919, la première londonienne en mai 1920, la première new-yorkaise en mai 1921.

Gance dédia le film au président américain Warren Harding. Il fit la connaissance de David Griffith, qui acquit les droits du film pour United Artists. Son succès commercial dépassa toutes les espérances.

Il est facile de comprendre pourquoi. Par sa structure, *J'accuse* est un film conventionnel. L'action se déroule dans un village du Midi, et met en scène un ménage à trois typique. Édith est l'épouse malheureuse de François. Jean, beaucoup plus raffiné, est un poète qui est attiré par Édith. Celle-ci se console en sa compagnie et avec la lecture des poèmes lyriques grandiloquents qu'il compose. L'une de ses œuvres est intitulée *Les Pacifiques* et dépeint à grands traits les sentiments idylliques que lui inspirent la nature et Édith.

Une séquence montre Jean lisant ses poèmes à Édith, alors que le mari de celle-ci, François, les épie, puis vise avec soin un moineau qui se trouve non loin de là, le tuant d'un coup de fusil. La même brutalité est montrée par Gance dans une scène très inhabituelle de viol conjugal et de soumission sexuelle désespérée.

La guerre éclate ; François est immédiatement mobilisé. Afin de protéger son honneur, il envoie sa femme dans sa famille, dans l'est de la France. Quand les Allemands occupent le village, Édith est violée par un soldat. Lorsqu'il apprend ce crime, Jean crie : « J'accuse ! » aux Allemands, et rejoint immédiatement son régiment. Officier, il est affecté dans la même unité que François, mais les deux hommes se réconcilient dans les souffrances du front.

Nous nageons jusque-là en plein mélodrame sentimental. C'est la fin de *J'accuse* qui en fait un film entièrement différent. Jean perd la tête. Il s'échappe de l'hôpital et regagne son village, où il raconte un rêve. Dans un cimetière du champ de bataille, des silhouettes fantomatiques émergent du sol. Elles sont vêtues de pansements déchirés ; certaines claudiquent, d'autres, aveugles, avancent bras levés, titubent. Les morts quittent le champ de bataille. Ils veulent voir si leurs sacrifices n'ont pas été vains.

Ils découvrent la mesquinerie de la vie civile, le profit que l'on tire de leurs affaires, l'infidélité de leurs épouses. À leur vue, les villageois, terrifiés, renoncent à leur conduite. Les morts reprennent le chemin de leur tombe, mission accomplie. Jean, désormais complètement fou, accuse le soleil de ne rien faire, sinon de contempler la guerre. Puis il meurt. Cette résurrection des morts est l'une des grandes scènes des débuts du cinéma. L'assistant de Gance était Blaise Cendrars, qui avait perdu un bras en Champagne, en 1915, en combattant avec la Légion étrangère. On le voit dans le film, avec des pansements qui se défont de sa blessure. Beaucoup de ceux qui jouèrent dans le film retournèrent au front. Certains sont morts pour de bon.

J'accuse commence comme un film de propagande ordinaire et banal sur la noblesse de l'effort de guerre français et la barbarie allemande. Grâce à Blaise Cendrars, le film de Gance passe d'une dévotion conventionnelle à une dévotion métaphysique. La christologie de la fin de *J'accuse* porte la signature romantique de Gance, qui « voulait être Victor Hugo, Henri Barbusse et D. W. Griffith réunis ».

Dans *J'accuse*, Gance et Cendrars ont utilisé la caméra pour quitter le monde ordinaire du sentimentalisme d'avant-guerre et de la propagande de guerre, univers de l'« imagerie d'Épinal ». Avec le manque de modestie qui le caractérise, Gance écrivit le texte suivant sur les programmes : « Puisque la grande Tragédie Rouge n'a eu ni son Homère ni son Rouget de Lisle, puisque les larmes, le sang, la souffrance généralisée, les gestes des héros et le regard étoilé des morts n'ont pas encore trouvé leurs sculpteurs ni leurs peintres, nous avons humblement tenté de créer un lyrisme de l'œil et de faire chanter les images. »

Si l'écrivain et réalisateur Louis Delluc se gaussa de « la prétention stupide » de Gance, à l'inverse ses admirateurs considérèrent le film comme « le premier grand cri de protestation contre la guerre de l'histoire du cinéma » (H. Fescourt, *La Foi et les montagnes*, Paul Montel, 1959). Un soldat envoya au Courrier cinématographique un poème dédié « à Monsieur Abel Gance, en respectueux hommage d'admiration pour son œuvre magnifique, *J'accuse*. » D'autres jugèrent son film défaitiste. Gance n'était pas opposé à la guerre, mais seulement à l'oubli de ce qu'avaient enduré les soldats pour la gagner. Sa vision ne prit le dessus sur sa grandiloquence que par moments. Pourtant, ce fut peut-être là sa force cachée. Son message atteignit le public grâce à un mélange d'éléments très traditionnels et d'éléments très modernes.

Cocteau ne trouva pas le même équilibre, peut-être lui était-ce impossible. *J'accuse*, à vrai dire, est tombé dans l'oubli, à l'inverse de *Parade*. Cependant, la réalisation de Gance n'est pas à sous-estimer. Il a su faire passer son public d'un monde qui lui était familier à l'univers tragique des tranchées et à celui, mythique, des morts.

Au même moment, *Le Canard enchaîné* choisissait, lui, la dérision.

Jay WINTER, *Le Monde* du 16 août 1994.

1918

EN ARMES

8 janvier – Programme en « quatorze points » du président américain, T.W.Wilson.

Avril-mai – Offensives allemandes en Flandre et au Chemin des Dames.

15 juillet – Échec de l'offensive allemande en Champagne.

18 juillet – Contre-offensive franco-américaine. Seconde bataille de la Marne.

8 août – Victoire alliée.

26 septembre – Contre-offensive générale sur le front occidental.

29 septembre – La Bulgarie signe l'armistice.

4 octobre – L'Allemagne demande l'armistice au président Wilson.

30 octobre – Armistice des Turcs à Moudros.

3 novembre – L'Autriche-Hongrie signe l'armistice avec l'Italie.

9 novembre – Guillaume II abdique. Proclamation de la République allemande.

11 novembre – Armistice à Rethondes.

13 décembre – Le président Wilson arrive en France pour participer à la conférence de la paix.

EN ARTS

Littérature

Au seuil des guitounes, Maurice Genevoix (1890-1980). *Les Silences du colonel Bramble*, André Maurois (1885-1967). *Civilisation*, prix Goncourt 1918, Georges Duhamel (1884-1966). *Nous autres, à Vauquois*, André Pézard. *Le Chant de l'équipage*, Pierre Mac Orlan (1882-1970). *Contre-attaque*, Siegfried Sassoon (1886-1967).

J'ai tué, livre illustré par Fernand Léger sur un texte de Blaise Cendrars.

« Me voici les nerfs tendus, les muscles bandés, prêt à bondir dans la réalité. J'ai bravé la torpille, le canon, les mines, le feu, les gaz, les mitrailleuses, toute la machinerie anonyme, démoniaque, systématique, aveugle. Je vais braver l'homme. Mon semblable. Un singe. Œil pour œil, dent pour dent. À nous deux maintenant. À coups de poing, à coups de couteau. Sans merci. Je saute sur mon antagoniste. Je lui porte un coup terrible. La tête est presque décollée. J'ai tué le Boche. J'étais plus vif et plus rapide que lui. Plus direct. J'ai frappé le premier. J'ai le sens de la réalité, moi, poète. J'ai agi. J'ai tué. Comme celui qui veut vivre. »

Peinture

« La Paix : l'homme exaspéré pendant quatre ans enfin lève la tête, ouvre les yeux, debout de toute sa hauteur, il regarde, il reprend goût à la vie. La couleur arrive à point. L'homme s'en empare, c'est une arme pacifique qui, violemment, part à la conquête du monde. » (*Fernand Léger*, par Georges Bauquier, Adrien Maeght Éditeur, 1997). *Gazés et blessés*, d'Eric Henri Kennington (1888-1960). *Allemands morts dans une tranchée*, de Sir William Orpen (1878-1931).

1919-1920

EN ARMES

18 janvier 1919 – Ouverture de la conférence de la paix, à Paris.
28 juin – Traité de Versailles : l'Allemagne rend l'Alsace-Lorraine à la France, perd ses colonies, voit la rive gauche du Rhin occupée et son territoire amputé sur sa frontière orientale.
14 juillet – Défilé de la victoire, à Paris.
10 septembre – Traité de paix avec l'Autriche signé à Saint-Germain-en-Laye.
27 novembre – Traité de Neuilly-sur-Seine avec la Bulgarie.
19 mars 1920 – Le Sénat américain ne ratifie pas le traité de Versailles.
4 juin – Traité de Trianon avec la Hongrie.
10 août – Traité de Sèvres avec la Turquie.
11 novembre – Inhumation des soldats inconnus français et anglais à l'Arc de triomphe à Paris et à Westminster Abbey à Londres.

EN ARTS

• 1919

Littérature

Clavel soldat et *Clavel chez les majors*, Léon Werth (1878-1955).

Peinture

La Moisson de la bataille, de C.R.W. Nevinson (1889-1946), décrit le retour vers l'arrière de soldats britanniques et leurs prisonniers allemands. *Une batterie bombardée*, de Percy Wyndham Lewis (1884-1957).

Le peintre aux armées. Paul Nash (1889-1946) réalise, entre autres, *Bombardement nocturne*, *Néant*, *La Route de Menin*, *Convoi de mules*, *Le Saillant d'Ypres la nuit*.

• 1920

La Relève du matin, Henry de Montherlant (1895-1972). *De la Marne au Rhin*, dessins de Jean-Louis Forain (1852-1931) publiés par *Le Figaro*. *L'Initiation d'un homme*, John Dos Passos (1896-1970).

La guerre sans fin
(après 1920)

La Grande Guerre, qui devait être « la der des der », laisse derrière elle une Europe ravagée, guettée par les fascismes, qui porte en elle les germes de la suivante. Cette ambiance d'après-guerre va produire de grands livres : À l'ouest rien de nouveau, *d'Erich Maria Remarque, publié en 1929, ou* Voyage au bout de la nuit, *de Louis-Ferdinand Céline, édité trois ans plus tard. Les peintres-soldats ne sont pas en reste – comme en témoignent les gravures d'Otto Dix ou les dessins d'André Masson, qui expriment un pacifisme violent –, tout comme les cinéastes du parlant.*

LE TEMPS DU SOUVENIR

Le bilan de la Grande Guerre se traduit par dix millions de morts, huit millions d'infirmes (les « gueules cassées »), des familles meurtries. Rien qu'en France, près de 36 000 monuments aux morts et aux combattants sont érigés, rappelant que 16 % des soldats français ont perdu la vie entre 1914 et 1918. À partir de 1922, le 11 novembre devient la fête nationale de l'armistice. Les nations belligérantes enterrent leur Soldat inconnu : la France et l'Angleterre dès 1920 ; les États-Unis, l'Italie, le Portugal, la Belgique et la Tchécoslovaquie les années suivantes.

VERS LA SECONDE GUERRE MONDIALE

Les traités de paix et le pacte de la Société des nations (SDN) ne dissipent pas toutes les incertitudes. D'une part, le Sénat américain refuse de ratifier le traité de Versailles ; d'autre part, les nations vaincues sont absentes de la SDN créée en 1919. L'entre-deux-guerres voit la montée des fascismes en Europe, et du nazisme en Allemagne, où l'opinion refuse la défaite.

LES MOTS POUR LA PAIX

En réaction aux nouvelles menaces de guerre, les écrits postérieurs d'auteurs qui ont connu le feu, Giono (*Lettre aux paysans*, *Le Grand troupeau*), Céline (*Voyage au bout de la nuit*), Remarque (*À l'ouest rien de nouveau*), prennent le contre-pied de la violence belliciste de leur époque, que parfois recréent davantage les textes de Blaise Cendrars (*La Main coupée*). Une dénonciation de la guerre qui trouve un écho chez les peintres Otto Dix (qui réalise en 1936 *Les Flandres*, en hommage à Barbusse) ou André Masson, dont l'œuvre est marquée à jamais par son expérience des tranchées.

Pierre JULLIEN

La rage d'écrire de Louis-Ferdinand Céline

En octobre 1932, à trente-huit ans, le docteur Louis Destouches, rescapé des tranchées de 1914, fait paraître sous le pseudonyme de Céline Voyage au bout de la nuit. *Un choc, et un événement de l'histoire des lettres du XXe siècle.*

En préface à la réédition de *Voyage au bout de la nuit*, en 1949, Céline impute ses « malheurs » – entendez les violentes controverses d'avant-guerre, les poursuites pour collaboration, l'exil au Danemark, qui s'achèvera en 1951 – non à ses pamphlets antisémites, mais au *Voyage*. Si on le « cherche », c'est à cause de ce livre, le « seul vraiment méchant », qui touche « le fonds sensible ».

Sa paranoïa ne l'égare pas. C'est bien la première fois qu'un écrivain dénonce d'un coup les agressions majeures du siècle, guerres totales, exploitation coloniale, travail à la chaîne, crise économique, misère cachée des pays industriels, villes tentaculaires, banlieues désespérantes, et cela en prenant radicalement le parti des victimes, en adoptant jusqu'à leur langage. La bonne conscience sociale et culturelle vole en éclats sous l'effet de ce véritable coup de poing. Comment dire autre chose, autrement, après « ça » !

À l'intention de qui n'a pas lu *Voyage au bout de la nuit*, rappelons que le livre se présente comme l'errance éructante d'un double transparent de l'auteur, le nommé Bardamu, marginal et anar, à qui « on ne la fait pas », plongé à vingt ans dans la boucherie de 1914. L'héroïsme, le patriotisme ? Laissez-le rigoler. C'est bon pour les discours des états-majors et de l'arrière. Au front, la seule réalité qui tienne, ce sont les viandes qui tremblent de trouille et qui saignent ensemble dans la boue. La vie ne réserve que des « tours de cochon », et l'homme a « le carnage dans les fibres ».

L'effroi et le nihilisme contractés au combat poursuivent Bardamu dans le temps de paix. En Afrique noire, chaleur, insectes et trafics lui confirment la vocation inexorable des hommes à pourrir lentement, au physique comme au moral. Dans l'Amérique en crise, l'opulence apparente et la fraîcheur des femmes n'arrivent pas à lui masquer l'âpreté des rapports, entièrement fondés sur l'argent. Revenu en Europe et devenu médecin, il découvre dans les dispensaires et les asiles de la banlieue parisienne une misère endémique, marinant dans les odeurs de chou et de vin.

À cause de sa virulence contre les pouvoirs et les bourgeois, Céline a d'abord été classé d'extrême gauche. On s'est aperçu, après coup, que sa révolte tous azimuts englobait le culte du chef et de l'ordre, prôné à droite, de même que l'instruction, le suffrage universel et le progrès, vantés à gauche. En réalité, l'auteur et son double n'ont d'autre pensée politique que le réflexe de sauve-qui-peut acquis à la guerre et appliqué à la jungle des villes. À moins de « fermer le monde pendant deux ou trois générations » pour pratiquer on ne sait quelle hygiène, il n'y a de vérité, de liberté, que dans le « pognon ». Les riches ont bien raison d'être riches, ils sentent moins mauvais, et leurs femmes sont plus douces à caresser. Les pauvres, les « miteux », n'ont que ce qu'ils méritent. De toute façon, la charogne est au bout. La morale célinienne, comme son idéologie, relève de l'instinct de conservation des combattants, mêlé de défiance petite-bourgeoise ; ne rien devoir, éviter les coups, rivaliser de beaux principes avec les supérieurs. On ne survit qu'en mentant. On ne fait d'ailleurs que différer l'agonie. La vérité du monde, c'est l'envie de tuer et de se tuer.

AVEC SES TRIPES

Si le livre témoigne de tant de noirceur, c'est que l'auteur lui-même a payé de sa personne. Il a été jeté à vingt ans dans les tranchées, et, contrairement à Montherlant qui exalte la guerre en évitant de la faire, le cuirassier Destouches conquiert par une conduite héroïque le droit de haïr le casse-pipe. En Afrique et en Amérique, comme ancêtre des « routards » d'aujourd'hui, puis à Clichy, comme médecin des pauvres, il a éprouvé les violences du monde avec ses tripes. Cela aussi, c'était une grande première.

Au traumatisme de la guerre s'est ajouté un trait de nature, ce qu'il appelle une « incurable mélancolie ». Qu'il examine un malade ou qu'il diagnostique l'état de l'univers, on ne sait quel vertige le condamne à éprouver la mouise jusqu'au tréfonds, à se barbouiller l'âme de détresse, à épouser le point de vue du mal, à en faire, pour un peu, sa chose, sa cause. Qu'un village brûle, qu'un homme expire, qu'un corps ou un embarcadère se mangent aux vers, une part de lui, c'est clair, jubile.

On croit que Céline fait table rase du passé littéraire : ce n'est pas si simple. Il s'est « soigneusement dégoûté des autres pour être mieux fixé sur ce qu'il pouvait faire ». Sa trouvaille, à lui, sera de ne plus enfermer le parler populaire dans des dialogues, mais de le laisser envahir le langage du narrateur lui-même. À l'inverse, c'est le style pompeux des puissants, officiers ou notables, qui se retrouve dans la prison des guillemets. Le fameux style célinien naît de ce déferlement d'une logique, d'une syntaxe, d'un vocabulaire, d'un accent, d'autant plus chargés d'émotion qu'ils ont été bannis de l'expression écrite depuis plus de trois siècles que celle-ci a quitté la rue pour se calfeutrer dans les salons. À raison de cette longue rétention, l'effet est moins d'une bombe que d'une bonde soudain lachée.

Bertrand POIROT-DELPECH,
Le Monde des livres du 15 octobre 1982.

La prison, pas la guerre

Louis-Ferdinand Céline (1894-1961) s'engage dans l'armée en 1912 pour trois ans. En 1914, il est nommé maréchal des logis. Son régiment de cuirassiers part au front – en Lorraine, puis dans les Flandres. Blessé en octobre, Céline est réformé fin 1915. *Voyage au bout de la nuit* raconte, dans la première partie, ses souvenirs de guerre et fait état d'un pacifisme exacerbé. Son héros, Bardamu, incarne le soldat râleur, gouailleur, Parigot courageux à sa manière, le révolté qui ravale sa révolte.

« Il y a bien des façons d'être condamné à mort. Ah ! combien n'aurais-je pas donné à ce moment-là pour être en prison au lieu d'être ici, moi crétin ! Pour avoir, par exemple, quand c'était si facile, prévoyant, volé quelque chose, quelque part, quand il en était temps encore. On ne pense à rien ! De la prison, on en sort vivant, pas de la guerre. Tout le reste, c'est des mots [...].

Comme il ferait bon dans une petite prison pépère, que je me disais, où les balles ne passent pas ! [...] J'en connaissais une toute prête, au soleil, au chaud ! Dans un rêve, celle de Saint-Germain précisément, si proche de la forêt, je la connaissais bien. [...] Comme on change ! J'étais un enfant alors, elle me faisait peur la prison. C'est que je ne connaissais pas encore les hommes. Je ne croirai plus jamais à ce qu'ils disent, à ce qu'ils pensent. C'est des hommes et d'eux seulement qu'il faut avoir peur. [...]

Combien de temps faudrait-il qu'il dure leur délire, pour qu'ils s'arrêtent épuisés, enfin, ces monstres ? Combien de temps un accès comme celui-ci peut-il bien durer ? Des mois ? Des années ? Combien ? Peut-être jusqu'à la mort de tout le monde, de tous les fous. »

Extraits de *Voyage au bout de la nuit*,
de Louis-Ferdinand CÉLINE,

Le cinéma s'empare de la Grande Guerre

Muets, les premiers films de guerre exhalent ce parfum de patriotisme que les ministères de la guerre et de la censure se chargent encore d'insuffler. Devenu parlant, le cinéma change de « discours ». Derrière les grandes sagas héroïques, derrière la fiction, se dessine le portrait d'une sale guerre. Et un appel à la paix.

La Première Guerre mondiale est la première guerre contemporaine du cinéma. Comme le note l'historien Schlomo Sand dans *Le* XXe *siècle à l'écran* (Seuil, 2004), ce conflit « inspira des représentations visuelles inédites. Les formes de souvenir qui s'incrustèrent dans la conscience collective n'avaient pas de modèles dans l'Histoire ».

Ce furent d'abord des milliers de films d'archives, contrôlés par les ministères de la guerre, utilisés comme propagande ou interdits – tel ce célèbre document où Pétain, goûtant le vin dans un cantonnement près de Verdun, réprime une grimace de dégoût. L'époque vit aussi fleurir des mélodrames exaltant la bravoure des combattants et des infirmières, la barbarie du fantassin boche.

Les Américains furent les premiers à produire de grands films historiques de fiction, en 1918, à l'image de David W. Griffith (*Les Cœurs du monde*), qui montre l'idylle d'un soldat américain et d'une Française, et de Charlie Chaplin, qui signe un *Charlot soldat*. Ils seront suivis par Rex Ingram (*Les Quatre Cavaliers de l'Apocalypse*, 1921), William Wellman (*Les Ailes*, 1927) et Howard Hughes (*Les Anges de l'enfer*, 1930), ces deux derniers racontant l'histoire d'aviateurs militaires amoureux d'une infirmière. La saga héroïque se poursuivra avec *La Grande Parade*, de King Vidor (1925), *Les*

Les Croix de bois

Collection particulière/DR

Les Croix de bois (1932), de Raymond Bernard, est tiré du roman de Roland Dorgelès. En 1931, Émile Natan, chargé de production chez Pathé, décida de faire tourner une adaptation cinématographique des *Croix de bois* par Raymond Bernard, qu'il avait sous contrat et lui-même ancien combattant. Les scènes du front sont filmées sans recherche esthétique. Peu de mouvements d'appareils mais le « compte-rendu » d'une caméra presque « documentaire » qui montre la boue, le sang, les ruines. Les soldats pas rasés, sales, déguenillés, montant à l'assaut ou se terrant dans les tranchées, et une hallucinante bataille de dix jours avec, même, la destruction d'un cimetière.

Quatre Fils, de John Ford (1928), *La Patrouille de l'aube*, d'Howard Hawks (1930).

Entre-temps, Abel Gance a signé *J'accuse* (1919, sur un scénario de Blaise Cendrars), un réquisitoire contre la responsabilité des vaincus, où une armée de fantômes, gueules cassées et Poilus ressuscités, vient réclamer que son sacrifice n'ait pas été vain.

Insensiblement, le discours sur la Grande Guerre va changer. Du patriotisme exalté dans les films muets, on glisse à un pacifisme militant avec le cinéma parlant. Aux États-Unis, Lewis Milestone adapte E.M. Remarque (*À l'ouest rien de nouveau*, 1930) ; en Allemagne, *Quatre de l'infanterie*, de G.W.Pabst (1930), est interdit sous Hitler ; en France, Raymond Bernard adapte Roland Dorgelès (*Les Croix de bois*, 1931) et Jean Renoir prône la solidarité entre troupes des deux côtés dans *La Grande Illusion* (1937).

Après la Seconde Guerre, l'évocation de 1914-1918 se radicalise encore. Stanley Kubrick dénonce les boucheries inutiles et le passage des soldats désobéissants en cour martiale (*Les Sentiers de la gloire*, 1957). Joseph Losey prend le parti d'un déserteur dans *Pour l'exemple* (1964). Le propos de Dalton Trumbo est antimilitariste dans *Johnny s'en va-t-en guerre* (1971), où un soldat se réveille sans bras, sans jambes, sans visage.

Après Jacques Rouffio, qui fit le portrait d'une veuve refusant de porter le deuil (*L'Horizon*, 1966), Bertrand Tavernier (*La Vie et rien d'autre*, 1989 ; *Capitaine Conan*, 1996) et Jean-Pierre Jeunet (*Un long dimanche de fiançailles*, 2004) dépeignent l'enfer des tranchées, le calvaire des veuves cherchant à retrouver trace de leur mari, la difficulté à oublier ces morts et à envisager une renaissance.

Jean-Luc DOUIN, *Le Monde* du 11 novembre 2004.

La passion de commémorer

Après la guerre, tous les belligérants, saisis par le même sentiment dévorant d'ardente obligation du souvenir, firent ériger d'innombrables monuments aux morts. À l'hommage aux soldats tombés identifiés s'ajouta le culte du « soldat inconnu ».

« Le temps de mon adolescence fut celui où les monuments aux morts étaient encore neufs », écrit l'historien Raoul Girardet dans ses *Essais d'égo-histoire* (Gallimard, 1987). Chez tous les anciens belligérants, les années 1920 et 1930 devinrent le temps du souvenir de la guerre et de la génération perdue. La « blanche robe » des monuments aux morts, des cimetières militaires, des ossuaires, des tombes nationales des soldats inconnus fait naître un paysage nouveau, créé autour des morts de la Grande Guerre.

Les deuils familiaux, ceux des communes ou des régions d'origine, ceux des collègues de travail, des membres des Églises, etc., sont reliés ainsi à ceux de la communauté nationale tout entière.

En construisant à la fois sur les lieux de leur mort et sur leurs anciens lieux de vie des monuments commémoratifs, on a tenté, partout, de faire revivre les « grands absents ».

Sur les champs de bataille, buttes témoins de la mort, ont été construits des cimetières militaires, des ossuaires, des monuments commémoratifs nationaux. C'est ainsi que la Somme, Verdun ou les Dardanelles sont devenus des lieux de pèlerinage internationaux où les anciens belligérants des deux camps viennent honorer des héros et pleurer des enfants.

Au centre des pouvoirs, dans les différentes capitales, Paris et Londres en 1920, Washington, Rome, Lisbonne et Bruxelles en 1921, Prague et Belgrade en 1922, puis en Roumanie, en Autriche, en Hongrie, en Pologne dans les années suivantes, on a enterré des soldats inconnus.

Le 11 novembre 1920 a été l'occasion, à Paris comme à Londres, de funérailles grandioses sous l'Arc de triomphe et à l'abbaye de Westminster. En France, le Soldat était enterré en même temps que le cœur de Gambetta était placé au Panthéon : la République s'auto-célébrait deux fois. Le *Warrior* britannique, enterré parmi les rois, représentait toutes les composantes de l'Empire.

Ces funérailles nationales offertes symboliquement à tous ceux que les champs de bataille avaient rendus sans nom sont la nouveauté commémorative de la Grande Guerre, au point que les États nouvellement créés ont tenu, tous, à instituer un tel culte. C'est une fois de plus le signe qu'un seuil a été alors franchi : on avait perdu plus d'hommes que jamais, en des efforts patriotiques inédits.

Il est très frappant de constater que vainqueurs et vaincus ne diffèrent guère non plus dans l'organisation de la mémoire locale. Des monuments aux morts, on en trouve de tous types et en tous lieux, depuis les places, les gares et les postes jusqu'aux bâtiments religieux. Ils rassemblent tous les anciens belligérants dans une même frénésie du souvenir. Si Français, Allemands ou Italiens préfèrent les monuments sculptés, la tradition anglo-saxonne, en revanche, accorde une part non négligeable à la commémoration utile et pas seulement esthétique, sous la forme d'hôpitaux, de stades, de salles de réunions, de bibliothèques.

On avait érigé des monuments après la guerre de Sécession aux États-Unis, et entre 1871 et 1914 pour célébrer les morts allemands, autrichiens ou français des guerres de l'unification allemande. Des monuments commémorant les morts de la guerre des Boers ornaient toutes les parties de l'Empire britannique. Mais ce n'est qu'après 1918 que les monuments devinrent universels.

L'idée de construire des monuments est née pendant la guerre elle-même. Les Allemands en ont édifié dans les cimetières réservés aux leurs. Partout on a vite trouvé que les listes affichées dans les mairies ne suffisaient pas. Pour la génération perdue, on a créé, en France, un ensemble parfaitement tragique où l'on peut noter une unité de temps – le 11 novembre devenu fête nationale en 1922 –, une unité de lieu – le monument aux morts – et une unité d'action – la cérémonie commémorative.

Dans l'immense majorité des cas, on a choisi pour ce cénotaphe une stèle en forme de pyramide ou d'obélisque, qui ressemble à celles qui ornaient jusque-là les tombes des cimetières. Ces monuments sont à la fois les moins chers et conviennent à l'esthétique et à l'esprit du temps.

Pour les architectes, les marbriers, les entreprises de pompes funèbres, c'est le marché du siècle. Des négociants avisés proposent des catalogues où chacun peut choisir dans le bric-à-brac de son patriotisme la croix de fer, les palmes, les feuilles de chêne, la croix de guerre ou le médaillon de Poilu qui peut être ajouté sur les pierres dressées. Mais on doit lire le monument avant de le regarder. Les mots gravés disent la réalité de la mort : « enfants », « morts », « héros », « guerre », « 1914-1918 », « devoir », « sacrifice », « martyrs », « mémoire » sont le plus souvent choisis.

La longue liste des soldats morts complète l'impression lugubre. L'ordre alphabétique généralement choisi renforce l'uniformité, proche de celle des cimetières militaires où reposent les corps. Dans les pays où les contingents ont été formés en partie ou en totalité de volontaires, les noms de tous ceux qui ont choisi de se battre sont inscrits, même s'ils sont revenus. Le tableau d'honneur souligne alors le patriotisme plus que l'héroïsme.

Sur les monuments sculptés, ceux qui se veulent de véritables œuvres d'art au service du souvenir, on peut lire un récit de la guerre à la taille des anciens belligérants. L'ensemble des monuments exalte à la fois les combattants et les civils de l'arrière, sans qui tenir dans la guerre, matériellement et psychologiquement, eût été impossible. Ils clament aussi la douleur et la perte.

La plupart des monuments exaltent le soldat en tant que combattant courageux ou, dans le bon camp, victorieux. Ces monuments sans ambiguïté célèbrent ceux qui ont fait leur devoir patriotique. Ces braves souvent achetés sur catalogues incarnent une guerre aseptisée, sans boue ni sang. Mais, sur les inscriptions, la mort ne peut être déguisée. Alors, comme pour faire oublier ce détail, les sculpteurs mettent tout leur art dans la description de l'armement et de l'uniforme, bandes molletières comprises.

Cette terrible dualité : la mort et le courage, ou la mort et la victoire, se partage donc les monuments. Le soldat mort est rarement montré seul : on le voit représenté à côté de ses frères qui continuent le combat. La force de la mort est niée par la force des vivants.

La plupart des monuments révèlent ainsi la complexité de la situation, pendant et après la guerre. Exalter une certaine forme de mort sur les monuments devait aussi aider les veuves, les orphelins, les survivants des tranchées à faire face. Dans la mise en place des monuments, on a en quelque sorte capitalisé sur les sacrifices des disparus pour faire « tenir » dans l'après-guerre. C'est aussi ainsi que sculpteurs fascistes puis nazis y ont créé des « hommes nouveaux », exemples de la virilité guerrière.

On n'a pas oublié que les non-combattants avaient joué un rôle fondamental. Les monuments rappellent qu'il a fallu croire, combattre et travailler pour résister dans la guerre. Ils sont une illustration en pierre et en bronze des « unions sacrées ».

C'est un ancien combattant, Georges Dumézil, qui a créé le concept de « trifonctionnalité » pour caractériser les sociétés indo-européennes. Les monuments aux morts permettent de retrouver les trois fonctions complémentaires : au sommet, un coq, ou saint Georges terrassant le dragon (Royaume-Uni), ou un aigle (États-Unis). Ils représentent la patrie, à laquelle on croit avec ferveur. Au centre, le combattant. Au pied du monument, les civils, femmes ou enfants, qui observent l'exemple du soldat ou vaquent à leurs tâches quotidiennes.

Mais cette guerre a été chèrement payée, et les monuments laissent apparaître une généalogie bizarre. Ils proclament : « À nos enfants ». Ces « enfants » sont en fait les pères d'autres enfants, eux-mêmes représentés sur les monuments, et qui viennent honorer les héros disparus.

Dans les territoires ravagés par les combats, les monuments se font réquisitoires. Les civils y ont été deux fois victimes, comme parents de combattants et parce que leurs villes et villages ont été détruits. Cathédrales dévastées, civils qui fuient, otages, mines inondées, tout le cortège des malheurs de la guerre est représenté.

Très rarement, une dizaine de fois sur le territoire français, par exemple, les monuments deviennent de vraies œuvres pacifistes. Des militants qui furent la plupart du temps des combattants proclament : « Que maudite soit la guerre ! » Il leur fallait crier que ce serait « la der des der ». Ils avaient vécu une Passion, du champ d'honneur au champ d'horreur.

Si les monuments ont souvent pour fonction d'exalter le courage des survivants, ils sont avant tout un lieu de deuil et de regrets. Les veuves, les orphelins, les parents de ceux qui ne sont pas revenus y sont représentés, en deuil.

Les sculpteurs chrétiens montrent que la mort peut être acceptée grâce à la foi. Si la patrie est une passion, n'y a-t-il pas qu'une seule Passion, celle du Christ ? Foi religieuse et foi patriotique sont perçues comme complémentaires. Sur les monuments, comme sur les vitraux du souvenir des églises, le soldat chrétien rejoint le sacrifice du Christ, en une *imitatio Christi*. Quand la mère du combattant, nouvelle Vierge Marie, retrouve son fils, le tient dans ses bras, le monument devient une *pietà*, bavaroise ou bretonne.

Si, en 1914, personne n'était préparé pour l'hécatombe, tous ont vécu une véritable « Imitation de la patrie ». Les monuments aux morts et les cérémonies commémoratives ont eu pour fonction essentielle d'apprendre à supporter la vie après la guerre.

Dans les années 1920 et 1930, en commémorant sans fin les héros, les martyrs devenus pierre et bronze, on a, d'une certaine façon, aseptisé la guerre et la mort, et réaffirmé le rôle traditionnel des hommes et des femmes dans la société. Mais on a aussi ressuscité les morts. Était-ce la volonté d'Otto Dix quand il a créé son monument aux morts, *der Krieg* ?

Annette BECKER, *Le Monde* du 6 août 1994.

1920

EN ARTS

1921 – La Boue, Maurice Genevoix (1890-1980). *Mars ou la Guerre jugée,* Alain (1868-1951).

1922 – Le Songe, Henry de Montherlant (1895-1972). *Le Boqueteau 125,* Ernst Jünger (1895-1998). *La Randonnée de Samba Diouf,* Jérôme et Jean Tharaud (1874-1953 et 1877-1952). *La Guerre, notre mère,* Ernst Jünger (1895-1998). *Le Cabaret de la belle femme,* Roland Dorgelès (1885-1973). *Au soldat britannique inconnu mort en France,* peinture de Sir William Orpen.

1923 – Le Réveil des morts, Roland Dorgelès (1885-1973). *Les Éparges,* Maurice Genevoix (1890-1980). *L'Équipage,* Joseph Kessel (1898-1979). *Le Diable au corps,* Raymond Radiguet (1903-1923). *Thomas l'imposteur,* Jean Cocteau (1889-1963). *La Tranchée* (*Der Schützengraben*), tableau d'Otto Dix (1891-1969) réaliste et brutal, fera partie de l'exposition « Art dégénéré » organisée en 1937 par les nazis, à Munich.

1924 – Otto Dix (1891-1969) grave une série de cinquante eaux-fortes sur le thème de la guerre très crues, sanglantes, où l'horreur et l'épouvante évoquent Goya. L'expérience d'Otto Dix en première ligne durant quatre ans, blessé, décoré, promu, trouve des échos dans des gravures comme *Section de mitrailleurs à l'assaut (Somme, novembre 1916), Peloton montant à l'assaut sous les gaz* ou *Une Patrouille attaque un poste de tranchée.*

1925 – Feu et sang, Ernst Jünger.

1927 – Le Cas du sergent Grischa, Arnold Zweig (1887-1968). *Le Temps retrouvé,* Marcel Proust (1871-1922), publié de janvier à septembre 1927 dans *La Nouvelle Revue française.*

1928 – Les Sept Dernières Plaies, Georges Duhamel (1884-1966). *À l'ouest rien de nouveau,* Erich Maria Remarque (1897-1970).

1929 – Adieu à tout cela, Robert Graves (1895-1985). *Mort d'un héros,* Richard Aldington (1892-1962). *Témoins,* Jean Norton-Cru (1879-1949). *Mort d'un héros,* Richard Aldington (1892-1962).

1930

EN ARTS

1931 – Le Grand Troupeau, Jean Giono (1895-1970). *Massacres*, André Masson (1896-1987), qui réalise, entre 1931 et 1933, une série d'encres, de pastels, de fusains et d'huiles mettant en scène des corps à corps frénétiques.

1932 – Voyage au bout de la nuit, dont la rédaction a été commencée en 1929, Céline (1894-1961).

1933 – Testament of youth, Vera Brittain (1893-1970), auteur de vers dès 1918 alors qu'elle est infirmière.

1934 – La Comédie de Charleroi, Pierre Drieu la Rochelle (1893-1945). *Capitaine Conan*, Goncourt 1934, Roger Vercel (1894-1957).

1935 – Éducation héroïque devant Verdun, Arnold Zweig (1887-1968).

1936 – L'été 1914, in *Les Thibault*, Roger Martin du Gard (1881-1958). *Les Flandres*, Otto Dix (1891-1969) peint en hommage au *Feu* d'Henri Barbusse.

1937 – Souvenirs de guerre, Alain (1868-1951).

1938 – Prélude à Verdun et *Verdun*, in *Les Hommes de bonne volonté*, Jules Romains (1885-1972), publiés entre 1932 et 1946.

1939 – Gilles, Pierre Drieu la Rochelle. *Novembre 1918 : Bourgeois et soldats* (tome 1), Alfred Döblin (1878-1957).

1940-2000

EN ARTS

1946 – La Main coupée, Blaise Cendrars (1887-1961).

1956 – Le Docteur Jivago, Boris Pasternak (1890-1960). *Le Roman inachevé*, Louis Aragon (1897-1982).

1968 – La Mort des autres, Jean Guéhenno (1890-1978).

1979 – Journal d'enfance, 1914-1919, Anaïs Nin (1903-1977).

1997 – L'Enfant Yves Congar. Journal de la guerre 1914-1918, Yves Congar (1904-1995).

2003 – Je t'écris de la tranchée. Correspondance de guerre 1914-1917, Roland Dorgelès (1885-1973).

Contributeurs et sources

Stéphane Audoin-Rouzeau, cinquante ans, est directeur d'études à l'EHESS. Il dirige, avec Annette Becker, le Centre de recherche de l'Historial de la Grande Guerre de Péronne. Il a publié de nombreux ouvrages, dont, avec Annette Becker, *14-18, retrouver la guerre* (Gallimard, 2000).

Annette Becker, cinquante et un ans, spécialiste de la Grande Guerre, est professeur d'histoire contemporaine à l'université Paris-X-Nanterre. Elle est l'auteur, entre autres, de *14-18, retrouver la guerre* (Gallimard, 2003).

Jean-Jacques Becker, soixante-dix-sept ans, est professeur émérite de l'université de Paris-X-Nanterre et président du Centre de recherche de l'Historial de la Grande Guerre de Péronne.

Jean-Luc Douin, cinquante-huit ans, est critique de cinéma au *Monde*. Il fut rédacteur en chef-adjoint du *Monde des livres*. Il est l'auteur, entre autres, des *Jours obscurs de Gérard Lebovici* (Stock, 2004).

Pierre Jullien, quarante-cinq ans, entré au *Monde* en 1983, est actuellement journaliste au *Monde 2*. Il a publié, avec Dominique Buffier et Roland Granier, *La Philatélie, collections et placements* dans la collection Que sais-je ? (Puf, 1998).

Michel Lefebvre, cinquante ans, entré au *Monde* en 1987, est actuellement rédacteur en chef-adjoint au *Monde*, responsable des pages « Archives » du *Monde 2*. Il a publié, avec Rémi Skoutelsky, *Brigades internationales, images retrouvées* (Seuil, 2003).

Paul Morelle, quatre-vingt-sept ans, fut journaliste au service littéraire du *Monde* de 1969 à 1980.

Bertrand Poirot-Delpech, soixante-seize ans, est écrivain, membre de l'Académie française et chroniqueur au *Monde*. Il entre au journal en 1951, chargé de la rubrique « Éducation », puis devient critique de théâtre et littéraire. Son dernier ouvrage paru est *J'ai pas pleuré*, en collaboration avec Ida Grinspan (Robert Laffont, 2002).

Jay Winter, spécialiste de la Grande Guerre, ancien chargé de cours d'histoire moderne au Pembroke College de Cambridge, est professeur d'histoire à l'université Yale. Il est membre du bureau du centre de recherche de l'Historial de la Grande Guerre à Péronne. Il a publié plusieurs ouvrages, dont en collaboration avec Antoine Prost *Penser la Grande Guerre* (Seuil, 2004).

Nicole Zand, soiante-douze ans, entrée au *Monde* en 1963 comme rédactrice à la rubrique « Spectacle », fut correspondante culturelle du *Monde* à Moscou de 1973 à 1977, puis journaliste à la section « Livres » de la séquence Culture de 1977 à 1996, et enfin chroniqueuse au *Monde des livres* de 1994 à 1996.

À lire

Le Réveil des morts, par Roland Dorgelès. Albin Michel, 312 pages, 1923.

Journal littéraire, par Paul Léautaud, III, 1910-1921, Mercure de France, 1956.

Krieg dem Kriege, par Ernst Friedrich. DVA, 2004 (réédition), 244 pages.

La Guerre. Der Krieg, par Otto Dix. Recueil des cinquante gravures réalisées par l'artiste allemand en 1924, 144 pages.

Croquis et dessins de Poilus, Somogy Éditions d'art, 2002, 180 pages.

Paroles de poilus. Lettres et carnets du front 1914-1918, sous la direction de J.-P. Guéno et Y. Laplume. Tallandier, 2003, 224 pages.

Les Journaux des tranchées. La Grande Guerre écrite par les Poilus, par Jean-Pierre Turbergue. Éditions Italiques (coédition ministère de la Défense), 160 pages, 2005 (7e édition).

La Grande Guerre. 1914-1918, par Stéphane Audoin-Rouzeau et Annette Becker. « Découvertes » Gallimard, 160 pages, 1998 (réédition 2003).

Le Silence des peintres. Les artistes face à la Grande Guerre, par Philippe Dagen. Fayard, 1996, 340 pages.

Encyclopédie de la Grande Guerre 1914-1918, sous la direction de Stéphane Audoin-Rouzeau et Jean-Jacques Becker. Bayard, 2004, 1 346 pages.

Ceux de Verdun. Les écrivains et la Grande Guerre, présentation et dossier Patrice Kleff. GF « Étonnants classiques », 124 pages.

Vie des martyrs et autres récits des temps de guerre, par Georges Duhamel. Omnibus, 800 pages, 2005. Le volume réunit *Vie des martyrs*, *Civilisation*, *Les Sept Dernières Plaies*, *Quatre ballades* et cinquante lettres échangées entre Georges Duhamel et son épouse.

Les Grands Romans de la guerre de 14-18. Omnibus, 1 160 pages, 1994.

Les Poilus ont la parole. Lettres du front : 1917-1918, par Jean Nicot. Éditions Complexe, 1998, 596 pages.

Les Poilus. La France sacrifiée, par Pierre Miquel. Plon, Terre humaine, 2000, 540 pages.

« Georges Duhamel. Médecin-écrivain de guerre », catalogue de l'exposition du 75ᵉ anniversaire de Civilisation, prix Goncourt 1918. Historial de la Grande Guerre, à Péronne, 32 pages.

« L'art, mémoire de la guerre, l'art, mémoire de l'indicible ». Actes du colloque organisé par Les Amis d'Henri Barbusse et l'Historial de la Grande Guerre, Péronne, 8-9 novembre 1996, 224 pages.

La Fascinante Existence d'Henri Fauconnier. Biographie romancée, par Bernard Fauconnier. GD Éditions, 2004, 224 pages.

Vagabond du surréalisme, par André Masson. Éditions Saint-Germain-des-Prés, 1975, 160 pages.

Peindre la Grande Guerre 1914-1918. Cahiers d'études et de recherches du Musée de l'armée, actes du symposium de l'Association internationale des Musées d'armes et d'histoire militaire (16-18 novembre 1998), n° 1/2000.

La Première Guerre mondiale vue par les peintres, par Frédéric Lacaille. Citédis Éditions, 1998, 122 pages.

Photographies de poilus. Soldats photographes. Au cœur de la Grande Guerre, par Frédéric Lacaille et Anthony Petiteau. Somogy Éditions d'art, 2004, 192 pages.

La Guerre de 1914-1918 en relief, par Jean-Pierre Verney et Jérôme Pecnard. Éditions Les Arènes, 2004, 144 pages, accompagnées de 75 stéréogrammes.

Anthologie des écrivains morts à la guerre, Edgar Malfère, 5 volumes, Amiens, 1924-1926.

The Lost Voices of World War One. An International Anthology of Writers, Poets & Playrights, par Tim Cross, University of Iowa Press, 1987.

La Guerre et la Foi, de la mort à la mémoire, 1914-1930, par Annette Becker Armand Colin, 1994.

Sur Alain-Fournier, Le Monde, 16 novembre 1991 et 12 novembre 1993.

Guillaume Apollinaire, *Œuvres poétiques*, Gallimard, La Pléiade, 1965.

Blaise Cendrars, *Œuvres complètes*, 8 volumes, Denoël, 1964, tome VIII.

« Les monuments aux morts », Antoine Prost, dans les Lieux de mémoire, t. I, *La République* (dir. P. Nora) Gallimard, 1984.

Les Monuments aux morts, mémoire de la Grande Guerre, Errance, Annette Becker, 1988.

Monuments de mémoire à la Documentation française, A. Becker et Philippe Rivé (dir.), 1991.

Les Monuments aux morts de la Première Guerre mondiale, dans *Guerres mondiales et conflits contemporains*, n° 167, 1992.

À voir

Historial de la Grande Guerre, Château de Péronne, 80201 Péronne.

Tél. : 03-22 83-14-18.

Cinq salles, une collection de 25 000 objets, des milliers d'affiches, de cartes postales, de pièces d'uniformes, de photos, etc., un centre de documentation riche de près de 4 000 livres, brochures, etc., et une librairie qui offre une sélection de 1 200 ouvrages.

Librio

758

Composition Nord Compo
Achevé d'imprimer en France par Aubin
en mars 2006 pour le compte de E.J.L.
87, quai Panhard-et-Levassor, 75013 Paris
Dépôt légal mars 2006

Diffusion France et étranger : Flammarion